視線のキスじゃものたりない

きたざわ尋子

幻冬舎ルチル文庫

CONTENTS ✦目次✦

視線のキスじゃものたりない

✦カバーデザイン＝渡邊淳子
✦ブックデザイン＝まるか工房

イラスト・街子マドカ✦

視線のキスじゃものたりない

ずかずかと近づいてくる人の姿に気がついて、佐々元雅《ささもとみやび》は顔を引きつらせた。

（ヤバ……）

最初、ぼんやりとしていた人の形は、距離が狭まるに従ってその輪郭をはっきりとさせた。黒っぽいな、と思っていたのは学ランのせいで、まっすぐに雅を睨《にら》み据えていると感じたのは思いすごしではなかった。

視力の及ぶ距離まで相手がやってくると、さらに雅は状況のまずさを痛感した。

目の前に立った相手は、雅が見上げなくてはならないほど大きく、目つきは激しく悪い。威嚇するような表情と、絶えず揺れている肩のあたりと、姿勢のだらしなさ。そして斜にかまえた感じが、人畜無害な生徒ではないことをアピールしていた。

朝から目を酷使したせいで、現在の視力は普段よりもかなり落ちているはずだ。しかし、それを言ってみたところで事態は変わるまい。

「なにガンつけてるんだよ。ああ？」

間近で襟の校章を見て、雅は相手が中学生だったことを知った。しかし、高校生だろうが中学生だろうが、状況は同じだ。自分のほうが、少なくとも二つは年上なんだから、と言ったところで効果はゼロに決まっていた。

「違います。おれ、目が悪いんで、どうしてもそんなふうに思われちゃうだけで……」

相手を刺激しないように、丁寧語を使う。雅はうつむき加減で言い訳を口にしつつ、自分のほうが年上なのにと、どうでもいいことを考えていた。落ち着いているのは、こういう状況が初めてではないからだ。

慣れる、というほど頻繁ではないが、雅はこんなふうに絡まれた経験が何度かあった。ここ半年で急に視力が落ちたせいか、それほど悪くはないのに、ふとした折に目をすがめる癖ができてしまったのだ。そのおかげで、タイミングが悪いと、たちまちいわれのない因縁をつけられてしまう。裸眼でも日常生活にさほど支障はないのだが、さすがに立て続けに『ガンをつけた』と絡まれてからは、外に出るときだけは眼鏡《めがね》をかけることが多くなっていた。

だがいまは忘れてしまっていた。

雅はカバンの中から眼鏡を取りだし、言葉が嘘でないことを証明しようとした。

「だからなんだってんだよ」

必要以上に大きな声を聞きながら、雅は困った顔をする。

人の姿はそれなりにあるのに、ほとんどの者が見て見ぬ振りを決めこんでいた。ただし、通行人の視線はいくつも雅たちに向けられている。ある者は野次馬根性で、そしてある者は固唾《かたず》を呑《の》んで成りゆきを見守っているといった感じだ。主婦や会社員、大学生ふうの男などが、こちらを見ているのがわかる。といっても、雅の視力では顔まではっきりとはしなかったけれども。

とにかく雅はこういうときに周囲がいかに冷たいかを承知しているから、この場をどう切り抜けようかと必死で頭を巡らせた。

おどおどしたら相手をつけ上がらせるだけだし、強気に出れば出たで相手は逆上する。これはいままでの経験が雅に教えてくれたことだ。それに、今回の相手はたった一人。四人のガラの悪い高校生に囲まれたり、いわゆるチンピラに絡まれたりするよりは、遥《はる》かに危機感も少ないというものだ。

「どうもすみませんでした」

軽く目を伏せて、雅は謝る。

しかし妙に落ち着いた態度は、かえって相手を不愉快にさせたようだった。

「ナメてんのかよ」

拳《こぶし》で肩を小突かれ、雅はバランスを崩してよろける。よろけたのは、単に身がまえていなかったからだが、それを貧弱なためと判断したのか、相手はなおのこと高圧的な態度になった。

「可愛《かわい》い顔して度胸あるじゃねぇかよ。おじょーちゃん」

「おじょ……」

ピシッ、と手の中でかすかな音がした。

息を呑んで眼鏡を見つめると、レンズに小さなヒビが入っていた。

深呼吸をして、気持ちを落ち着かせる。揶揄《やゆ》する言葉にはカチンときたが、雅は顔を上げずにやりすごした。

こんなことで感情的になってはいけない。これだけ人の目がある場所で、五日前のようなことになってはいけないのだ。

雅はそう頭の中で何度も繰り返す。

「なんとか言えよ！」

「警察が来るみたいだぞ」

ぼそりと、抑揚の少ない冷めた声が、どこからか聞こえてきた。

はっとして顔を上げた雅は、すぐ近くに、旅行用のバッグを手にした男が立っているのを認めた。

大学生くらいとおぼしき青年は、声の調子そのままに、興味がなさそうな態度で、中学生に向かって続けた。

「ちょっと前に警察に通報してる人がいたぞ。かまわないなら、それでもいいけど」

正義感を振りかざすでなく、あくまでどうでもいいことのように、彼は言った。

警察に来られて都合が悪いのは、絡んでいる中学生だけだった。目撃者はいるし、たとえいなくなったとしても、雅が不利になることはないだろう。小柄で中性的な雅は、こういうときに被害者と思われこそすれ、まず加害者とは思われない。

中学生は舌打ちし、見物人らに一睨みきかせてから、再び雅の顔を見やった。

「運がよかったな」

ありきたりな捨て台詞《ぜりふ》を残す後ろ姿を見送りながら、雅は「芸がない」と浅く溜《た》め息をつく。もちろん、そこにはことなきを得た安堵《あんど》も含まれていた。

「あの……ありがとうございました」

ぺこりと頭を下げ、雅はあらためて、大学生らしき青年の顔を見た。警察を呼んだのは他の人だと言っていたが、とりあえずそれを伝えに出てきてくれたことに、感謝してもいいだろうと思ったからだ。

返事は、瞬《まばた》きひとつだった。頷《うなず》くことすらしない。

（せっかくカッコイイのに、つまんなそーな顔してんなぁ……）

口には出さず、雅は思ってみる。

近くでよくよく見てみると、男である雅から見ても、この大学生とおぼしき男はかなりルックスがよかった。

少しきつめの整った顔立ちは、適度に彫りが深いのにすっきりとしている。切れ長の目にすっと通った鼻筋、引きしまった口元。おまけに雅よりも頭半分はゆうにある長身で、スレンダーなくせに貧弱さは微塵《みじん》も感じさせない体格。年の離れた雅の兄と、造作《ぞうさく》だけの勝負なら張れそうだ。

しかし、せっかくのルックスは、背負いこんだ暗い雰囲気でかなりのマイナスが出ている。

台なしとまではいかないが、もったいないのは確かだ。

特に表情が魅力を半減させているようだ。無関心さがはっきりと出ているそれは、一言で表すなら『つまらなそうな顔』だった。まるでこの世には楽しいことがなにひとつない、とでも言いたげな顔なのだ。

ぼんやりとそんなことを考えていると、つまらなそうに結ばれた唇が動いた。

「いつまで突っ立ってる気なんだ？」

「え……だって、お巡りさんが来るんなら、一応説明しないとヤバいから」

通報があって飛んできたら、当事者たちはもう誰もいなかった……では、困るだろうと雅は思った。

しかし、こともなげに青年は言う。

「ああ……あれ、嘘だよ」

「は？」

「警察なんて来ないから、もう行きな」

ぼそりと呟《つぶや》くように言って、彼は駅とは反対のほうへ歩きだした。

少しの間、呆気《あっけ》にとられていた雅だったが、やがて気を取り直して、眼鏡をケースごとバッグにしまい、自宅へ向かった。

十数メートル前方には、薄手のジャケットを着た広い背中がぼやけて見えていた。

（タッパあるなぁ。兄ちゃんと同じくらいかな）

見上げたときの首の角度を思いだし、雅はそんなものだろうと頷いた。ということは、一八〇センチくらいあるということだ。

いいなぁ、と雅は溜め息をついた。まだ高校二年だから伸びるチャンスはあると思うのだが、兄に追いつくためには一五センチ以上も伸ばさなければならない。それはちょっと無理じゃないかと、雅はここのところ軽く諦《あきら》めつつあった。

両側がほとんど住宅になっている道をしばらく進んでも、長身の後ろ姿は、相変わらず雅の前方にあった。ただし、最初は十数メートルだった差は、すっかり倍ほどに開いている。これは雅の歩き方が遅いせいではなく、前の男がかなり速いせいだ。

「あ……」

急に思いついて、雅は開いてしまった差を一気に縮めた。

「あのっ、もしかして今日うちに入る人？」

少し前に出るようにして並んで、雅は整った造作を覗《のぞ》きこんだ。その顔が意外そうな表情になるより先に雅は続ける。

「あ、ごめん急に。うち、マンションなんだ。ヴィラハイツ佐々元。違った？」

雅は尋ねながらも、そのはずだと確信していた。

三階の一ＬＤＫには、今日から大学生が入ることになっている。三月中ならばまだしも、とっくに学校が始まった四月も半ばに引っ越してくるというので、なにか事情があるのだろうと思っていたのだ。聞くところによると、新生活を送るはずだったマンションに欠陥が見つかり、急遽《きゅうきょ》引っ越すことになったらしい。

マンションオーナーである兄の棗《なつめ》に、その入居者の名前は聞いたばかりだった。

「そうだけど……」

「えっと、確か森喬済《もりたかずみ》さん……だよね？　あ、おれはね、佐々元雅」

「へぇ」

喬済はあっけないほど無感動に相槌《あいづち》を打った。それはひどく予想外の反応だ。名乗った姓で、オーナーの肉親だということはわかるはずだから、てっきり喬済がこの偶然を驚くものとばかり思っていた。

（調子狂うなぁ……）

雅はこっそりと溜め息をつく。しかし、悪い感情は少しも浮かんでこなかった。喬済は、はったりをかけてまで雅に助け船を出したくらいだから、この反応だって悪気はないはずだと勝手に納得した。

訪れた沈黙に終止符を打ったのは、今度も喬済が先だった。

「さっき、ずいぶん落ち着いてたな。ああいうことは初めてじゃないのか」

「あ……うん。ちょっとね……」

ヒビが入った眼鏡を思いだし、雅は溜め息をついた。

「おれ、癖ですぐに目をこうやって……しちゃうんだよ」

言いながら、雅は目を細めてみせる。長い睫《まつげ》に縁取られた大きな目は、普通にしていればまったく険しいところはなく、むしろ相手に好印象を抱かせる類《たぐい》のものだが、すがめてしまうと、相手によっては今日のようなことになるのだった。

「悪そうだもんな」

ちらりと雅を見て、喬済は呟く。

「え、目つき？」

「違う。視力のほう」

「うーん、本当はそうでもないんだよ。目ぇ細めるのって癖になっちゃっててさ。このままでも普通に生活はできるし、森さんの顔だってちゃんと見えてるし……あ、あそこあそこ。下がコンビニになってる薄茶色の建物」

雅はマンションを指差して、それから喬済の横顔を見やった。

浅く、かすかに顎《あご》を引き、喬済はマンションを上から下まで眺めた。やはり特別な感慨らしきものは浮かんでいなかった。

築十年の五階建てマンションは、一階がコンビニとエントランス、二階が歯科医院とオーナーの住居。そして三階以上が賃貸の部屋になっていた。三ＬＤＫまである部屋は三つほどの空きがあり、そのうち三階の一ＬＤＫに喬済は入居するのだ。

「あれ、電気ついてる。珍しー」

雅は二階を見上げて独り言《ご》ちる。そして先にエントランスに入ったところで喬済を振り返った。

「鍵、もらってくるね」

仲介の会社を通していないので、喬済に鍵を渡すのは、雅たちの役目なのだ。

「自分で行くからいいよ。挨拶《あいさつ》もしなきゃいけないし」

「じゃ、こっち」

雅は率先して、エレベーターの手前にある階段を上っていく。その後を喬済は黙ってついてきた。

階段を上がってすぐに、歯科医院の扉がある。薄く色の入ったガラスの扉には〈佐々元デンタルクリニック〉という文字が記されているが、すでに〈本日の診療は終了しました〉という札もかかっていた。

扉の向こうに靴はひとつもなく、従って患者もいないということになる。

ただ、受付に白衣の男が一人、下を向いて座っているだけだった。

内から施錠されたその扉を、雅がガタガタさせると、白衣の男が顔を上げて、表情を崩した。それからすぐに立ち上がり、ロックを外しにやってきた。

「おかえり」

扉が内から開いたかと思うと、伸ばされた二本の腕は、しっかりと雅の細い身体《からだ》を抱きしめた。

「兄ちゃんなにやってんだよ！　もうガキじゃないんだからよせってばっ。森さんが呆《あき》れてるじゃないか！」

本当は喬済の表情はなにひとつ変わっていなかったけれども、雅はスキンシップの激しい兄の抱擁から逃れるためにそう言った。

「森さん……？」

佐々元棗はそうしてようやく喬済が目に入ったというような顔をした。

「今日、三〇一号室に入る森さん！」

「ああ……」

「どうも、はじめまして」

喬済はなにごともなかったかのような顔をして軽く会釈した。

棗はまだしっかりと腕に雅を抱えたまま、雅から見えないのをいいことに、笑みひとつない顔で言った。

「はじめまして、佐々元です」

「放せってば、兄ちゃん……っ」

雅はもがいて、ようやく棗の腕の中から抜けだした。うつむき加減に口を尖《とが》らせているのは、恥ずかしくて喬済と顔を合わせられないからだ。いい年をした兄弟が、と笑われるのも嫌だったし、変な方向に誤解されるのはもっと嫌だった。

そんな雅の心情をよそに、棗は大きな手を雅の頭に置いた。

「で、弟の雅」

「兄ちゃんに紹介してもらわなくたって、駅の近くから一緒だったよ。眼鏡かけ忘れて、またトラブっちゃってさ。そしたら森さんがハッタリかまして追っ払ってくれたんだ」

「へぇ……」

棗は雅に向けていた目を喬済に移し、それから患者に対して見せるのと同質の笑顔を喬済に向けた。

「早速、雅が世話になったようで。すまなかったな」

「いえ」

「鍵を取ってくるから待っててくれ」

棗は一度診療所の中に入っていくと、従業員用の別のドアから出てきて、そのまま住居のドアの中へと消えていった。

「いま、入っていったのが、おれの家なんだ」

訊《き》かれもしないのに雅は答え、棗を待った。鍵を取ってくるだけなので、棗はすぐに戻ってきて、雅に渡した。つまり、部屋に案内をするのは雅が仰せつかったということだった。

「よろしくな」

「おっけー」

雅は鍵を握ったまま喬済を見上げ、ついてくるようにと目で言った。返事らしい返事はなかったが、どうやら喬済は了承したようだ。

「じゃーね、兄ちゃん」

棗が診療室に戻っていくのを確かめて、雅はまた階段を使って階上へ向かった。たったワンフロアなので、わざわざエレベーターを使う気にはならなかった。

三〇一号室はちょうど診療所の真上に位置している。

ロックを外して中へ入り、雅は照明をつけた。十二畳ほどのリビングダイニングとキッチン、そして八畳の部屋からなる三〇一号室は、いくつかの段ボールや引っ越し用のパックが運びこまれているだけで、他はなにもなかった。洗濯機と冷蔵庫以外に家財道具らしいものは見当たらず、これで本当に今日から暮らすつもりかと尋ねたくなるような有様だ。

「荷物、まだ運び終わってないんだ……？」

返事を期待した独り言だったが、覚悟していた通り喬済からの言葉はなかった。

「あ、これ」

雅はくるりと喬済を振り返り、鍵を差しだす。黙って受け取った喬済は床にバッグを下ろし、部屋の中を見まわした。

「ねーねー森さん。おれ、お茶煎《い》れようと思うんだけどさ、ケトルとかカップって、どこに入ってる？」

「さぁ……どこだったかな」

喬済はいくつかある箱に目をやるが、どの箱にも中になにが入っているかの明記はないし、探そうという素振りも見せなかった。さすがに他人の荷物を解くわけにもいかないので、嘆息して雅は再び靴を履いた。

「お茶煎れて持ってくる」

また戻ってくることを宣言し、雅は部屋を出た。自宅に戻ってすぐに、コーヒーと紅茶をひとつずつ用意した。

「雅。森くんを食事に誘ってみてくれ」

「はーい」

元気よく返事をして、雅は喬済の元へとって返す。

施錠されていないドアを開けて入ると、喬済が振り返ってこちらを見ていた。

片方の手でマグカップを二つ持っている雅は、こぼさないようにとカップに注意を向けたままドアを閉めた。

喬済はほんの少し表情を和《やわ》らげて、危なっかしい雅を見ている。だが雅が顔を上げたときには、もう表情は元に戻っていたから、その変化に気づくことはなかった。

床に座ったままの喬済は、やはり床に置いたパソコンの前にいる。メールチェックでもしていたのか、用はすんだとばかりに閉じてしまった。

「とりあえずコーヒーと紅茶、両方煎れてきたけどどっちがいい？」

「コーヒー」

「砂糖とミルクは？」

尋ねながら雅はポケットからスティックシュガーとミルクを取りだす。

「いらない」

「あ、やっぱり。絶対、コーヒーでブラックのタイプだと思ったんだ」

取りだした砂糖とミルクをまたポケットにしまい、雅は勝手に床に座りこんだ。投げだした脚は、ひょろりと細長い。けれども喬済は、雅なんかよりもずっと手脚が長かった。

「余ってる感じだよね、脚とか手」

溜め息まじりに呟いて、雅は室内に数個しかない箱を一瞥《いちべつ》し、ベランダに続く窓に目をやった。

カーテンのない窓からは、道路を挟んだ向かい側の民家の屋根が見えた。ベランダには目隠しがされているから、たとえカーテンがなくても向こうからこちらの部屋の中が見えるということはない。

喬済からの返事はなかったが、気にすることなく雅は続けた。

「あ、そうだ。兄ちゃんが、夕飯一緒に食べようって言ってたんだけど、平気？　やだったら言ってよね」

「……俺、嫌って言いそうか？」

「ちょっとね。だって、さっきからずーっと、つまんなそうな顔してるもん。怒ってるんじゃないのはわかるけど、迷惑なのかなって。森さん、性格暗いとか言われない？　あ、それとも、おれってうるさい？　だったらそう言ってくれれば、おれもチョロチョロしないけど」

ストレートに、取り繕わない言葉を向けた。まっすぐに顔を見ながら、本人に向かって暗いと言ってしまう雅に、喬済は面食らっていた。

雅はじっと喬済の顔を見つめ、少し身がまえながら返事を待つ。

(大丈夫な気がする……)

根拠は乏しいが、喬済は迷惑がりもしないし、たったいまの発言にも怒らないような気がしていた。

はたして、喬済はコーヒーを飲みながらさらりと答えた。

「別に迷惑とは思ってないけど」

「……けど……？」

どきどきしながら、雅は問いかけた。

「ニアミスだけ避けてくれると助かるかな」

「は……？」

思わずファニーフェイスになってしまった。意味を汲《く》み取ろうと必死な雅の目の前で、喬済はコーヒーを啜《すす》るばかりだ。補足説明をしようという気がまるでないのは明白だった。

仕方なく、雅は自分から口を開くことにした。

「あのう……それって、どーゆー意味？」

「言葉通りだよ。人に触られたり、触ったりするのが嫌いなんだ、俺」

ようやくの説明に、雅はぱちぱちと瞬きを繰り返した。子供のころから毎日のように、兄の激しいスキンシップで鍛えられている身には、人に触られるのが嫌いなどという気持ちはまるで理解できなかった。

「そ……そうなんだ。大変だね。わかった、気をつける」

「どうも」

「あ、それちょうだい」

空になったカップを受け取るときにも、雅は手が触れないように気をつけた。

「んじゃ、七時にうちでね。片づけとか大変だったら手伝うし」

「ずいぶん親切な大家なんだな」

「森さんだって親切だよ。今日の、助かった」

にこりと笑って雅は立ち上がった。あの中学生を追い払ってくれたことで、雅の喬済に対する第一印象はすこぶるいい。喬済の態度くらいでは払拭《ふっしょく》されないほど強固なものだった。

雅は軽い足取りで三〇一号室を後にし、階下へ下りていった。

「ただいま」

佐々元家の三LKDは、貸している他の三LDKよりもかなり広めだった。これは、オーナー用としてもともと大きかった四LDKを、最近になってリフォームしたためだ。家族が二人きりになってしまったので、棗がそうしたのだった。だから雅の部屋も広くなったし、リビングはかなり贅沢《ぜいたく》に空間を使っている。

「おかえり」

脱衣所から棗は現れ、前を通りすぎようとしていた雅の首に後ろから腕をまわした。

「FCの匂《にお》い落ちてるか？」

「うん」

歯科医のくせに、どうしてもその薬品の匂いが嫌いだと言って、棗は仕事をした後に必ずシャワーを浴びる。診療室にいると髪にまで匂いがついてしまうから、着替えたくらいでは駄目なのだ。

しかし用はすんだはずなのに、棗はまだ腕を解かなかった。

「これ洗うんだから放してよ」

「どうだった？」

「どう、ってなに」

棗の腕を払い、そのまま雅はキッチンに入った。それを追いかけるようにして、棗は雅の背中に言葉を向ける。

「ヴィラハイツ佐々元の人気者としては、新しい住人をどう思ったか、ってことだ」

「うーん……」

カップ二つと、それからシンクに放《ほう》りこんであったグラスを洗いながら雅は唸《うな》った。

「人間関係とか、うまくいかなそうな感じ。大人っぽくて、かっこいいけど、無愛想」

「雅は気にいったみたいだな」

「まーね。でも森さんて人に触られんのも触るのも嫌なんだってさ」

「それはいいことだな」

かすかに笑みを含んだ声が、水を止めたキッチンに響いた。女性の患者がいい声だと褒める甘いそれで、こんなときはろくでもないことを言いだすことを、雅は経験上、嫌というほど知っている。

だから聞きたくなかったのに、棗は続けた。

「雅と二人きりにさせておいても、心配はいらないわけだ」

「なんの心配だよ……っ」

ムッとして雅は棗を睨みつけた。この手の話題は雅の感情を簡単に波立たせ、そして理性によるコントロールを甘くする。わかってはいても、雅はどうしても顕著な反応をしてしまうのだ。

「貞操の心配に決まってるだろう」

「兄ちゃんっ！」

ピシッ、と手にしていた繊細なグラスが、か細い悲鳴を上げた。

はっとして雅が目をやったときは、すでにクリスタルのグラスに一筋の白い線が入ってしまっていた。

「これくらいのことでいちいちものを壊してるようじゃ、本気で迫ったら殺されるな」

嘆息しながら棗は言った。口調は軽く、あくまで冗談めかしてはいるが、雅の未熟さに困惑しているのは明らかだった。

ばつが悪くて雅はうつむく。

「だって……」

「いい加減に慣れろ」

「嫌なもんは嫌だ」

不機嫌に言い放つ雅の手からグラスを取り上げ、棗はそれを厳重に包んでから捨てた。

「今日は大丈夫だったんだろうな」

「……」

眼鏡のレンズにヒビを入れたことを思いだし、雅は黙りこんだ。立て続けで過敏になっているという言い訳が通用しないのはわかっている。

今日は喬済のおかげで、ずいぶんとあっさり終わったほうだった。レンズにヒビを入れてしまったのは、『おじょーちゃん』などと揶揄されたせいだ。以前、絡まれた上に金を巻き上げられたこともあったが、そのときはなにも起きたりはしなかった。それくらいでは、雅の感情は波立ったりしない。

ただ五日前、髪をブリーチした二人組の高校生に絡まれたときには、民家のガラスを三枚割り、置いてあった植木鉢やプランターをいくつも壊してしまった。そのときに引き金になったのは、雅の中性的な容姿を揶揄する言葉だった。いや、正確に言うならば、雅を性的な対象に見た上での行動だったのだ。

カッとなると周囲のものが壊れるようになったのは、ここ最近のことだ。視力が急激に落ちた時期とほぼ一致するが、それらに因果関係があるのかどうかは、雅も、もちろん棗もわかっていない。わかっているのは感情をセーブしきれないと、周囲のものがランダムに破壊されることだった。幸い、棗が上手《うま》く立ちまわってくれたおかげで、絡んできた高校生たちはものが壊れたことに不審は抱かなかったのだが、不自然なできごとが続けば、誰がいつ興味を持ってしまうかわからない。

雅と棗は、なによりもそれを恐れていた。

「なにを壊したんだ？」

「眼鏡……ヒビ入れちゃった。あ、でも誰も気づいてないよ」

壊れたときの音は、雅の手の中で小さく響いただけだったから、正面にいたあの中学生にすら聞こえなかったはずだ。

「そうそうフォローしきれるものじゃないんだから気をつけるんだぞ。わかってるな」

「わかってる」

先日の高校生二人組が疑問を持たぬよう、ガラスを自分たちで割ったと思いこませたのは、棗だった。

雅に、ものを壊してしまう変な能力があるように、棗にも特別な能力がある。彼の場合は強力な暗示の能力だ。記憶したはずのものを忘れさせ、なかったことをあったと信じこませることもできる。感情に左右されることもなく、完全に自分の思い通りに使えるから、騒ぎになることも不審に思われることもない。同じように異端でありながら、棗はそれが他人に知られる可能性がほとんどないのだ。

自分が異端であることは、雅も普段は忘れているが、感情のテンションが一気に臨界点を超えたとき、その現実を突きつけられる。ときには落ちこんだりもするが、基本的に雅はポジティブな少年だった。友達にも言えない秘密を抱えながらも、雅は他人を遠ざけたりはせず、むしろ以前よりも積極的に人に接するようになった。

人懐こい、と言われ、マンションの住人たちに人気があるのもそのせいだ。

雅はタオルで手を拭《ふ》き、棗の後にリビングへ入った。

「そういえばさ、夕飯ってどうすんの？　おれが作んの？」

「いや、寿司を取るからいい」

「やった」

にわかに機嫌をよくして、雅は革張りのソファに沈みこんだ。切り替えが早いのも、雅の特徴だ。

「ねぇ、兄ちゃん。森さんてほんとに大学一年生？」

「嘘をついてどうする」

「そうだけど……浪人じゃなくて現役？」

「契約書に十八だと書いてあるからそうだろうな」

「じゅうはち……」

復唱してから、雅は大きな溜め息をついた。

現役の大学一年生といえば、つまりついこの間まで高校生だったということだ。雅とたった二つしか違わないということでもある。

「十八だったら、もっと元気あってもいいよね。だっておれと二つ違いだよ？　なんかあの年で、もう人生疲れちゃったみたいな雰囲気なんだもん。せっかく男前なのにもったいないよ」

「男前か」

棗は少し考えて、やがて納得したように笑った。否定しないあたりが、棗の評価としては最高点であることを示している。棗は他人の容姿についてとやかく文句をつける人間ではないが、曖昧《あいまい》に濁すときは否定であり、いまのように笑ってみせるときは肯定なのだ。

その棗は、死んだ父親によく似た、華やかで整った顔立ちの美丈夫だ。歯科医院の患者である女性たちに言わせるところの『美形』という評価に、実弟である雅も反論はなかった。

治療が痛くない、と患者たちの間では評判だが、棗が治療のときに暗示の能力を使っているのか、あるいは単に棗自身に気を取られていて痛みを覚えていないのか、雅は一度も兄に確かめてみたことがない。どちらにしても、佐々元デンタルクリニックに、痛くもないのにやってくる『定期検診の患者』が多いのは確かだった。

その弟である雅の評判は、「可愛い」だ。ときどき受付を手伝っているので、患者にも顔をよく知られているのだ。

棗は少し考える素振りを窺《うかが》わせ、やがて口を開いた。

「雅はああいうのが好みなのか。道理でいくら愛を囁《ささや》いてみても応えてくれないわけだ」

「だからなんでそうなるんだよ」

今度は口を尖らせる程度で、雅も気持ちを荒立てたりはしなかった。

「かなり気になってるように見える」

「それは……否定しないけどさ。だって、放っとけない感じ」

「妬《や》けるな」

告げる棗の表情はどこか芝居がかっている。いつものことだ。だから雅も遠慮なく罵倒《ばとう》することができた。

「寝言は寝てからにしろっていつも言ってんだろ！　おれ、七時まで宿題やるから、出前の電話忘れんなよ」

座ったばかりのソファから離れ、雅は半ば逃げるようにして自室に戻った。後ろ手にドアを閉めると、思わず安堵の息が漏れる。

棗がああいった冗談を言うのはいまに始まったことではなかった。言うだけではなく、激しいスキンシップもためらわないし、ときには人に見られたら誤解を招かれそうなほどベタベタしてくることもある。両親を亡くした雅にとって、棗は唯一の肉親だから、それを理解している他人は、棗の態度を『溺愛《できあい》』の一言で納得するらしい。しかし他人の前ではある程度のセーブがきいているからこそ納得してもらえるのであり、もし二人きりのときの態度を見たら、雅たちは世間に白眼視《はくがんし》されるのではないだろうか。

雅がそう思うほど、棗の雅に対する言動や行動は笑えないものが多い。

母親を早くに亡くしたせいで、棗が雅を育てたようなものだから、愛情の向け方も執着も半端でないのだ。父親の死後、それはときおり常軌を逸し始め、いまでは身の危険を感じるほどになっていた。特に夜はスリリングだ。ありえないと信じてはいるが、もし棗が雅に暗示を使ったら、と思うと、二人きりで暮らしているのも怖くなってくる。

雅は考えを打ち払うように首を振った。

（わざとだよ、うん。わざと！　おれがああいうことに慣れるようにって、兄ちゃんは思ってんだよ。そうだよ、うん。だって男同士なんだし、兄弟なんだし！）

無理に自分を納得させて、雅はカバンの中から英語の教科書とノートを引っ張りだし、机に向かった。

駅前のスーパーで牛乳に手を伸ばしたところで、雅は視線を感じてふと顔を上げた。

「あれ……」

こちらに向かってくるのは喬済だ。雅と目があうと、挨拶代わりに少し頭を動かした。

「この間はどうもごちそうさま」

「あ、うん……兄ちゃんだけど」

金を払ったのは棗だからと、雅は戸惑いながら牛乳パックを取った。戸惑っていたのは、喬済のほうから進んで話しかけてきたせいだった。もっとも喬済は、無口だがけっしてしゃべらない男ではない。もちろん口数は少ないが、表情がつまらなそうでしゃべり方にも抑揚が足りないせいで、実際以上に愛想がなく思えてしまうだけのことだ。

喬済の手には栄養食品の箱があり、雅は眉根《まゆね》を寄せた。

「それ……朝ご飯にすんの？」

「いや。朝は食べない」

こともなげに答えて、喬済は牛乳パックを手に取った。

「そのパック、賞味期限早いほうだよ。奥にもっと新しいのあるよ？」

「これだって期限内だろ」

まるで頓着《とんちゃく》せず、喬済はレジに向かってしまう。

慌《あわ》てて雅はその後を追い、ジャケット代わりの薄いデニム地のシャツを引っ張った。

「それだけ？　夕飯ってなに食べる気？」

「これ」

「えっ……」

雅はぎょっとして、再び喬済の手元を見た。時間がないときの食事代わりとか、ちょっとしたカロリー補給を謳《うた》い文句にしているはずのそれが夕食というのは、なんとも納得しがたい。そんなに忙しいのだろうかと思いながら、雅は喬済を見上げた。

「時間ないの？」

「なんで？」

逆に問い返されて、雅はますます眉根を寄せた。

「だって、そんなの食べ………も、もしかしてそれが普通？」

「ああ。作るのは面倒だし、インスタントは好きじゃないからまだこっちのほうがマシなんだ。コンビニ弁当は飽きるし」

淡々とした口調を聞いているうちに、雅はくらくらとしてきてしまった。朝からしっかり三食、というふうに育てられた雅には想像を絶する話だ。

唖然《あぜん》としている雅をよそに、喬済はさっさとレジを通ってしまった。慌てて雅も支払いをすませ、後れを取らないように、急いで袋に買ったものを入れた。

喬済は帰るどころか袋詰めを手伝い、二つあるうちの重いほうを率先して持った。

「あ、いいよ。一人で持てるし」

重いほうを持ってもらうのは、素直に喜べない。もちろん気持ちは嬉《うれ》しいが、折に触れて女の子のように見られたり言われたりしている雅は、この手のことに過剰反応してしまうのだ。

荷物を受け取ろうと伸ばした指先が、喬済の手に触れた。

喬済が反射的に手を引っこめようとするのがわかって、雅はニアミスに注意する約束を思いだした。

「あ、ごめん……！」

「いや……」

「大丈夫？　ヤなだけ？　ジンマシン出ちゃうとか、そういうことじゃないよね？」

雅のほうがよほど血相を変えたせいか、喬済はむしろ少し驚いたように、わずかに表情を変えて頷いた。

「……この間の礼に、持ってるだけだから。別に女の子扱いしてるわけじゃないよ」

こちらの気持ちを見透かしたような言葉に、雅の大きな瞳がこぼれそうなほど見開かれる。表情に出したつもりはないし、心情的にも不快になっていたわけではなかったから、喬済のフォローはひどく雅を戸惑わせた。

荷物を返してもらうタイミングを逸し、そのままマンションに向かうことになった。

商店街を離れ、人通りが少なくなると、喬済は急に口を開いた。

「この間も『おじょうちゃん』て言われてたけど……もしかして、そういうこと言われると、カッとなるのか」

「言われて喜ぶ男がいると思う？」

「ま、そうだよな……」

頷いて、喬済は雅のうつむき加減の横顔を見た。

「……言いたくなる気持ちも、わからないでもないけど……」

「えっ、なに？　ごめん、聞こえなかった」

ぼそりと呟かれた言葉は、上手《うま》く耳に入ってこなかった。だが喬済は、なんでもないとでもいうようにかぶりを振って、前を見た。

実際、喬済が思わずそう呟いてしまったほど、雅の顔立ちは綺麗《きれい》に整っている。ほっそりとした身体つきのせいもあって、ボーイッシュな女の子――に見えなくもないのだ。

しかしそれは、雅にとって厄介なことだった。絡まれるまでならいいとしても、大抵絡んできた相手は揶揄しようとするし、ときには本気でナンパしようとする。その度にものを壊して異端である事実に悩まされる身には、ユニセックスなこの顔と発育不良の身体は、可能なら誰かと取り替えてしまいたいと思っているものだった。

「ほんとはおれ、森さんみたいになりたかったよ。背ぇ高くてさ、腕とか足とか長くて、しっかりしてて。ずるいと思わない？　兄ちゃんは父さん似なのに、おれは母さん似なんてさ」

「ずるいっていうか、なんていうか……」

「絶対、森さんにはわかんないよ。だって、キスされそうになったことだってあったんだからな。この間みたいに絡まれてさ、そのうち顔のこととか言われて……。電車の中でチカンにあったこともある。なんかすげー惨めだったよ。そういう気持ち、森さんわかんないだろ」

「わからないな」

はっきりと答える喬済に、雅は苦笑いをした。しかし変にわかったようなことを言って同情されるよりは、よほど気持ちがいいと思う。

雅が黙っていると、喬済はいつもの淡々とした調子で続けた。

「自分じゃ気にいらなくても、整った容姿なのは確かなんだから、贅沢な悩みだよ。健康なんだし、別にいいじゃないか。悩みがない人間なんて、そうそういないんだし」

押しつけがましくない言い方は、不思議にすんなりと雅の耳に染みて、静かに納得させてしまう力を持っていた。

喬済が言うと、本当にそんなふうに思えてきて、雅は瞬きを繰り返した。

「……かもしれない」

完璧《かんぺき》なラインを形づくっている喬済の横顔に、雅は呟いた。

「森さんて、いっぱい悩みありそう」

「どうして？」

目だけが、雅に向けられる。もともと柔らかいイメージがない喬済は、そうするとまるで睨んでいるみたいになってしまうが、雅は少しも怯《ひる》むこともなく相手を見つめ続けた。

「だって、そういう顔してる」

「シケた面《つら》で悪かったな」

「うん。せっかく顔のつくりはいいのにもったいないよね。頭もいいしスタイルもいいのに、それじゃ損だよ。うちの兄ちゃんみたく自信たっぷりになれとは言わないけど、もっと楽しそうにすればいいのに」

「あの人は人生を謳歌《おうか》してそうだよな」

「まーね」

思わず頷いて雅は笑う。弟として雅が見てきた限りでは、まるで棗には悩みなどないかのように思えた。仕事は楽しそうにやっているし、趣味の車に好きなだけ金と時間をかけている。たまに休診にしてしまうこともあるのも、人を雇っていないという身軽さゆえだ。人当たりはいいのだが、人間の好き嫌いははっきりしているので、診療所に従業員を置きたがらない。だから、ときどき雅に手伝わせるのが難点だった。

「棗さんていくつ？」

「先月、二十九になったとこ。干支《えと》一緒なんだよ。うちの母さん、おれが小学生のときに死んじゃったから、兄ちゃんがいろいろ面倒みてくれてさ。おまけに去年は父さんも死んだから、完全に親代わり」

少し問題のある親代わりだが、それを差し引いても雅は棗が好きだった。

「お父さんも歯医者？」

「うん。診療所も、もともと父さんがやってたんだ。で、兄ちゃんは勤めてた大学病院を辞めて、こっち続けてるの」

「もてそうだな」

「患者さん、女の人ばっかだよ。男はマンションに住んでる人だけなんじゃない？」

冗談めかして笑いながら、雅は薄茶色のマンションに目を向けた。

実際、カルテを見ても患者は圧倒的に女性が多い。あれだけ不定期な診療をしているのに、転院しようとしない患者の気持ちが、雅にはまるでわからなかった。雅だったら、とっくに病院を替えている。

ただ、皆が棗に熱を上げることに対しては、雅も納得していた。

際立った容姿と人並み以上の頭脳と、親から譲り受けたマンションでの高い収入。そこへ持ってきて、親も親戚《しんせき》もいないとくれば、女性が群がって当然だ。当然なのに、どうしてか棗には決まった恋人はいなかった。

はっとして、雅は立ち止まる。

（……っていうか、おれ、兄ちゃんの彼女って見たことない……）

いたという話は、棗の友人から聞いて知っていたが、家族に紹介するほどの存在ではなかったということなのだ。いまは、女性患者からの幾多の誘いも受け流し、雅の知る限りでは仕事と趣味に生きている。

そして、雅にじゃれついては愛を告白するのだった。

「雅……くん？」

「……あ、うん……」

止まっていた足を、雅はなんとか交互に繰りだした。それでも頭からは、膨脹した危機感が離れていかなかった。

（マジもんだったら、どうしよう……）

数々の言葉やいきすぎたスキンシップが冗談ではなかったら、と思うと、雅は居ても立ってもいられなくなる。

棗と距離を置きたくても、たった一人の肉親では難しい問題だし、電車でわずか四つ目の学校に通っている高校生に、家を出る理由はなにひとつない。そもそもこれは雅の思いすごしにすぎないかもしれないのだ。

黙りこんだ雅に、喬済は怪訝《けげん》そうな顔をした。

「どうかしたのか？」

「あ……えっと、森さん。今日も七時ね！　持ってくのめんどくさいから来てよ……！　おれ、三人分作るから」

せめて誰かが一緒にいてくれれば、と雅は喬済に縋《すが》った。それに、喬済の買いものの仕方を見てしまったら、とても放ってはおけない。

「いいよ。別にそこまでしてくれなくても」

「うんと言わなくても、きっとおれ、強制的に出前しちゃうかもしれないよ。お節介って思ってもなんでもいいからさ……！」

熱心に誘うあまり、雅は自分が喬済の腕を摑《つか》んでいることに気づいていなかった。

突発的でなければ露骨に避けるというわけでもない喬済は、そのままで雅の顔を見ていた。

喬済の接触嫌悪症は、けっして病的な範囲のものではないのだ。

棗のスキンシップのおかげで、雅は人と接触することに対し、感覚がかなり麻痺《まひ》している。話しながら相手に触れてしまうのも、雅にとっては自然なことだから、触らないようにするという約束も思いだせなかった。

「ね、七時だよ！　来なかったら迎えにいくからね」

雅は一方的に捲《まく》し立てると、喬済の返事も聞かないうちにエントランスに駆けこみ、そのまま階段を上った。食生活に大いに問題のある喬済は、棗と二人きりになりたくない雅にとって、好都合な相手だった。

慌ただしく去っていく雅の背中を見送って、喬済はふっと息をついた。

「ま、いいか……手間が省けるし……」

呟きは、誰もいないエントランスロビーに響いた。

掴まれていた腕に目を落とし、喬済は奇妙な感慨に駆られる。自然に触れてくる雅の手に、どうしてか嫌悪は感じなかった。

見つめる瞳と同じくらいに、雅の態度はあけすけで、そして態度や言葉に裏はない。見たまま、聞いたままが、雅のすべてだ。

（シンプルな人間もいるもんだな……）

ふと笑みをこぼし、喬済は郵便受けを開けた。

「そうだ、雅。明後日《あさって》、三〇二に人が入るぞ」

ひらひらと契約書を振りながら、棗はリビングのソファから部屋に戻ろうとしていた雅に話しかけた。

「ファミリー？」

「いや。単身者。二十五歳で、職業はルポライターだそうだ」

「ふーん。ルポライターって貧乏そうなイメージあるけど、それっておれの偏見なのかな」

なにげない雅の呟きは、ある意味でもっともだった。三〇二号室は二ＬＤＫだし、ヴィラハイツ佐々元は、そう安いマンションではない。

「ま、日曜は天気もいいみたいだからちょうどいいよね。降水確率、いまんとこゼロだって。布団も干さなきゃ……あ、森さんのもやっちゃおう」

「今日は喬済くんは来なかったな」

「帰りが遅かったみたい。別に、毎日うちで食べるって決めたわけじゃないしさ」

そう言いながらも、キッチンのカウンターにはラップを被《かぶ》せた皿が二つ並んでいる。後で喬済に持っていこうとしているのは、言うまでもないことだ。

「せっかく雅が尽くしてるのに、喬済くんはつれないんだな」

棗の声には笑みさえ含まれている。本人が言うような『妬いている』雰囲気はどこを探しても見当たらなかった。こんなだから雅は棗のスキンシップの真意がわからずにいるのだ。

冗談にしか思えないこともあれば、ぎくりとするほど真剣味を帯びていることもあり、いまだに判断をつけられないでいた。

「雅もすっかり世話女房だ」

「だからなんでそーゆー発想なわけ？　頼むから森さんの前で変なこと言うの、やめろよな」

「じゃ、二人きりのときはいいのか？」

「超却下。だいたい……」

文句を言いかけた口は、ぴたりと止まった。そしてひとつ前の記憶のページを捲り、まじまじと棗を見つめた。

「兄ちゃんて、森さんのこと名前のほうで呼ぶよね。なんで？」

「後輩に森ってのがいるからな。ややこしいだろう？」

「ふーん……」

そんなものかと軽く流し、雅は部屋へ戻った。そして、数学の教科書に目を向けた。

わからない問題があるのだが、棗に訊けばいいと思いつつ、側《そば》に寄るのがためらわれて、そのままになっていた。雅は棗を変に警戒していて、なるべくならば接近したくない、と思ってしまっている。

「……森さんに訊こう」

手早く教科書とノートをまとめ、雅は部屋の窓から顔を出して、三〇一号室に明かりがついているかどうかを確かめた。

カーテンがないらしい窓からは光が漏れていたから、雅はキッチンに行って、トレイに喬済の夕食を用意した。

「喬済くんのところか？」

「うん。ついでに数学教えてもらってくる。明日、当たるんだ」

「俺も一応、理数系だったんだけどな」

「大昔だろ。もう代数幾何なんてわかんないんじゃないの」

弟の憎まれ口に、兄は薄く笑うだけでなにも言わなかった。

雅はトレイをひっくり返さないように気をつけて、三〇一号室までの階段を注意深く上がる。こんなときくらいはエレベーターを使おうかとも考えたが、上手くボタンを押す自信がなかったので、結局は階段にした。

ドアの前で少し考え、やがて雅は爪先《つまさき》で軽くドアを蹴《け》った。ノックのつもりだった。

「はい……？」

ややあって、ドアの向こうから喬済の声がした。

「あ、おれ。雅」

名乗るとドアはすぐに内から開いた。喬済は最初に雅の顔を見て、それから手元のトレイに目を落とした。

「数学教えて。これ、授業料。もう持ってきちゃったから、断んないでくれると嬉しいんだけど」

「……どうぞ」

進路を譲る喬済の脇《わき》を抜け、雅は三〇一号室に上がりこむ。訪れるのは喬済が越してきた日以来だ。さすがにもう人の住む部屋らしくなっているだろうと期待して入ったのに、見事にその期待は裏切られた。

「げ……」

数日前とほとんど変わらない、殺風景というにはあまりにも無気質な部屋は、人が生活しているという気配がまるでなかった。

床に直《じか》に置いたノートパソコンに、マグカップとバランス栄養食品の箱。そしてケーブルが繋《つな》がっていないテレビ。あるのはそれだけだ。チェストもワードローブもなければベッドもなく、テーブルもない。どうやら服は引っ越し業者の段ボール箱の中に詰まっているらしい。カーテンのないままの窓際に、無造作に置いてあるのは、布団ではなくベッドパッドと毛布だ。数日前より段ボール箱の数が減っているが、よくよく見れば収納の扉が開けっ放しになっていて、そこにいくつか積んであった。

「……森さん……」

声を震わせて、雅はトレイを床に置いた。

「まさかと思うけど……まだ荷物が届いてない、とかじゃなくて、これで暮らしてく気なわけ……？」

「そうだけど」

「信じらんない……」

開いた口が塞《ふさ》がらないというのはこのことだ。これほど生活に頓着のない人間は初めてだった。雅の友達にも、無頓着《むとんちゃく》な生活をしている者はいたが、それはものが多すぎたり片づけが嫌いだったりで、足の踏み場もないくらいに部屋が汚いというパターンだ。けっして喬済のようではなかった。

せめて食生活さえまともなら、まだいいとしようが、喬済の場合、こちらも雅が許容できるものではない。

「言っていい……？　森さん、あれは布団じゃなくてベッドパッドだよ。普通、床にあれ敷いて寝る人なんかいないよ」

「そうか？」

「そーかじゃなくて！　あーもー信じられない。森さんのお父さんとお母さんてどーなってんの？　息子の一人暮らしに備えて、いろいろ用意とかしてくれなかった？」

雅はいささか乱暴に皿からラップを外し、箸《はし》を添えて喬済の前にどんと置いた。

「いないようなものなんだ。とりあえず、必要なものは自分で揃《そろ》えろって、金だけは寄越《よこ》してきたけどな」

「え……そ、そうなの……？　ごめん。おれ、悪いこと聞いた？」

「別にいいけど」

喬済の言い方は、雅に気を遣ってというよりも、本当にどうでもいいといったような調子だった。

「あ、お茶煎れるから食べてて」

ばつが悪いので、雅は勝手にキッチンを使うことにした。さすがに今日はもうケトルが出ているから、それで湯を沸かしつつ、念のために持ってきた急須《きゅうす》と湯のみ茶碗《ぢゃわん》をスタンバイさせる。沸騰を待つ間、雅は何度も喬済の様子を窺った。

ほうじ茶を煎れて戻ると、もう皿はほとんど綺麗に片づいていた。食べることにも頓着はない彼だが、食べるときは、この年ごろの男となんら変わりない。

雅はほっとしながら、室内を見まわした。

「あさってさ、ベッドか布団買いにいこうよ。チェストも本棚もいるよね。あ、それとカーテンとテーブルもだ。おれも買いものあるから、一緒に行こ」

「……雅、くん」

「別に取ってつけたように『くん』つけなくてもいいよ。それよりさ、代数幾何の問題なんだけど教えて。明日、一限目の前に黒板に問題と答えを全部書いといて、授業始まったら説明しなきゃいけないんだ」

　雅は喬済の返事を聞かないうちに、すでに明後日の予定を決定事項にしてしまい、さっさと教科書を開いていた。

　呆気にとられていた喬済も、やがて気を取り直したように皿をまとめて横へ置いた。否定の言葉がなにもないのは、明後日の予定を承諾したということだ。

　喬済が問題に目を通している間、雅は手持ちぶさたに視線を漂わせ、閉じたノートパソコンに目を留めた。

「……おれ、ネットとか全然やったことないんだけど、森さんはよくやんの？」

「別に。メールチェックくらいだな」

「え……そうなんだ」

「意外か？」

　問い返されて、雅は素直に頷いた。

　家具もないのにパソコンはあるのだから、よほど彼にとって重要なのだろうと思っていた。まして接触嫌悪症だというのだから、相手の顔を見なくてすむコミュニケーションの手段は、喬済には打ってつけなのだろうと。

　雅の中で、すっかり喬済は人間嫌いとして認識されてしまっていた。

「大学で使うから持ってるだけ？」

「まぁ……そんなもんだな」

「あ、うちにも一台あるんだけど、診療所のなんだよなぁ……患者さんのデータとか保険点数とか用の。あ、それって、うちにあるとは言わないのか」

すっかり意識が数学から離れた雅の頭を、喬済はペンでコツンと叩《たた》く。

それはさりげないしぐさだったが、雅には親しげな態度を取られているように思えて、驚きと共に嬉しくなってしまう。

「ほら、説明するぞ。食い逃げされたくなかったら聞いてろよ」

緩む頬《ほお》を引きしめ、雅は慌てて居住まいを正して教科書を見つめた。


天気予報は外れることなく、日曜日は快晴の洗濯日和になったので、雅は出かける前に佐々元家の布団と喬済のベッドパッドを干してから、出かけた。

買いものは、ほとんどが届けてもらうようなものばかりだから、隣で喬済が持っているのは、雅が選んだ明るい色のカーテンだけだ。なんでもいいと言うので、遮光できるものを雅が選んだのだった。

雅が前後に大きく揺らしている紙袋には、彼が自分用に買ったスニーカーが入っている。

雅が買ったのはこれひとつで、あとはずっと喬済のものを買っていた。それも、普段は足を踏み入れたことのない家具売り場のものばかりだった。

「ほんっと森さんて無頓着だよね」

思いだして、雅は大仰《おおぎょう》に溜め息をつく。

買い物をするぞと迎えにいったとき、喬済は逆らいもせずに部屋を出てきたが、だからといって積極的に買う気も見せず、文句を言わない代わりに、一切希望も述べなかった。なんでもいいから適当に、などと雅に一任してしまい、あとは選びだしたベッドやチェストに頷いて、金を払うだけだった。

「荷物が届いたら、手伝いにいくからね」

「別にそんなことまでしてもらわなくてもいいって」

「だって放っといたら絶対、あのクローゼットには一生服が入らない気がする」

大げさに言ったわけではなく、それは確信だったので、雅はまたもや勢いで喬済を押しきった。喬済は今度も断らなかったし、迷惑そうな素振りも見せなかった。

なにを思って好きにさせているのかが、雅にはまるでわからなかったが、あえて理由を訊く気にもなれず、そのまま他愛《たわい》のない話をしながらマンションに戻った。

「あ……やってる」

「引っ越しか」

マンションの前に業者のトラックが乗りつけられて、スタッフが二人で家財道具を運んでいた。

「三〇二に入るんだって。ルポライターとか言ってた」

「……へぇ」

「エレベーター使ってるから、おれたちは階段ね」

雅は先に立って軽快に階段を上った。雅が喬済の部屋に入り浸るのは、もう当たり前のことになりつつあったから、いまさら喬済もなにも言わなかった。

最後の一段に足をかけようとした矢先、雅の視界は流行の光沢素材のブルゾンに覆われてしまった。

「わっ……！」

飛びだしてきた相手に弾《はじ》き飛ばされるみたいに、雅は階段の上でバランスを失う。

喬済が荷物を離してとっさに腕を伸ばしたのと、ぶつかってきた男の手が伸びたのは、ほとんど同時だった。

落ちそうになった雅を抱き留めたのは、より近かった男の腕だ。

紙袋が転げ落ちていく音がする中、喬済は目的を果たすことのなかった腕を見つめ、半ば茫然《ぼうぜん》としていた。

「ごめんな！　大丈夫？」

よく通る声が階段に響く。

「はぁ……」

ほうける雅の顔を見て、男は少し驚いたような顔をしたが、すぐに屈託なく笑った。男は雅を抱き留めていた腕を解いてから、駆け下りるように踊り場まで行き、落ちた紙袋を二つ拾って戻ってきた。

「よかった。軽くすっ飛んじゃったから、焦ったよ。君はここの人？」

「あ……はい。もしかして、三〇二に引っ越してきた人ですか？」

「そう。郡司俊介《ぐんじしゅんすけ》っちゅーの。よろしく。君らは部屋どこ？」

郡司は雅と、それから喬済を見やった。

喬済が自己紹介するとも思えなかったので、雅はさっさと二人分の紹介をした。

「この人は、森喬済さん。ついこの間三〇一に入ったんだよ。だから郡司さんのお隣さん。で、おれは佐々元雅っていって……」

「あ、大家さんの……？」

「うん。弟」

「先、戻ってる」

喬済は紙袋を二つ持って雅の横を擦り抜け、部屋へと行ってしまう。今日から隣人になる人がここにいるというのに、挨拶をしようともしなかった。

「あ……うん」

雅は喬済の背中を目で追っていたが、郡司がじっと雅を見下ろしてくるせいで、なにかと思いながら、彼を見上げた。

目の前にいる男は、ルポライターという言葉から雅が想像していた風体《ふうてい》とはまるで違っていた。もっと、うさんくさそうな雰囲気の持ち主じゃないかと思っていたのだ。だが実物はそこそこの男前で、ホワイトカラーではなく、いかにもフリーランスな職業を思わせる雰囲気の持ち主だ。

目元が優しそうだなと思った。

「彼とはもともと友達かなにか？」

「え……森さんのこと？　この間初めて会ったとこだけど……それに、いまだって友達ってわけじゃないし……」

言いながら、雅は喬済との関係を表す言葉を探していた。しかしご近所さんとか知りあいという他に、言葉はなにも浮かんでこない。

喬済が自分をなんだと思っているのか、急に知りたくなった。

「じゃ、俺とも仲よくしてくれるかな？」

「え、あ……はい。あの、わからないこととか、なにかあったら言って下さい。それじゃ」

ぺこりと頭を下げて、雅は喬済の後を追った。

喬済の頭を離れないのは、階段でのできごとだった。

雅が落ちてくると思った瞬間に、考える間もなく喬済の腕は彼を受け止めようと動いていた。とっさのことで、人に触れたくないという思いなど、よぎる暇もなかったのかもしれないが、ならば目的を果たせなかったときに感じた、なんともいえない気分は説明がつかない。得るべきものを得られなかったかのような、まるでなにかに裏切られたような気持ち。人に触れることも触れられることも嫌いなはずの喬済は、確かにあの瞬間に、雅を腕に抱き留めることを望んでいたのだ。

(なんだよ、これは……)

不可解な感情に、喬済は戸惑っていた。

「おじゃましまーす」

鍵がかかっていないドアから、雅がひょっこりと顔をだした。小動物が巣穴から顔を覗《のぞ》かせるようなそのしぐさは、相手の警戒心を和らげる不可思議な力を持っているが、もちろん雅が自覚しているわけではないだろう。

雅は勝手に上がりこみ、袋の中のカーテンを出して広げると、買ったばかりの明るい色彩のそれをレールに取りつけ始めた。

楽しげなその様子を、喬済は黙って見つめていた。

カーテンを引っかけるために伸ばされた腕は、喬済などよりもずっと頼りなげで、さっき抱き留めようとした身体は、線の細い華奢《きゃしゃ》なつくりをしてた。郡司俊介と名乗った男の腕に、すっぽりと収まりきるほどに。

急に不快感が喉《のど》の奥からせりあがってきて、喬済は顔を歪《ゆが》めた。

「できた……っ」

快活な声に、喬済ははっと我に返った。彼がいつもの表情を取り繕ったとき、雅はくるりと振り返って得意そうな顔をした。選んだカーテンに満足している顔だった。

「ちょっとだけ部屋らしくなったろ？」

「ああ……まぁね」

「家具が届いたらもっと人の住むところらしくなるよ。あ、そうだ！　食器のこと忘れてた。もらいものが納戸にあったかな……」

ぶつぶつ言いながら、雅はベランダに出ていく。出がけに干していったベッドパッドを取りこもうとしているのだ。この三〇一号室はすっかり雅に取り仕切られていて、住人であるはずの喬済はされるがままだ。

取りこんだパッドは、セミダブルサイズの比較的大きなものだ。ベッドはこれにあわせて、雅が選んだ。

「でもさ、森さんの希望とかはないわけ？」

「あったら言ってるよ」

「そーだけど……」

雅はとても不満そうだった。喬済が、自分の生活に対してなにも気にしないことが、ひどくもどかしいらしい。

人懐こい彼は、喬済以外のマンションの住人たちとも親しくしているし、どの世帯の部屋にも一度は上がったことがあるらしい。そのくらい、住人たちに受け入れられているわけだが、喬済ほどプライベートに踏みこんだことはなかったという。

じっと喬済を見つめて、雅は言った。

「迷惑してない？」

「してないよ」

「じゃ、おれ、いままでと一緒でいい？」

恐る恐るの質問に、喬済は黙って顎を引いた。

あからさまにほっとした顔をして、雅はスニーカーの入った袋を拾いあげる。感情がすべて顔に出るのではないかと思うほど、彼の表情はよく動いた。

「布団入れなきゃいけないんだった。またあとでね」

にこにこ笑いながら雅は喬済の部屋を出ていった。また、と言うからには今日のうちにもう一度来るか、喬済が佐々元家に呼ばれるかするということだ。

喬済が引っ越してから一週間近くが経《た》つが、その間、佐々元家に夕食の世話にならなかった日はたった一日だけだった。あとは呼ばれたり、雅が食事を持ってきたりと、他の住人とは確実に違う扱いを喬済は受けている。初日はともかく、それ以外は雅の一存なのだ。

ここまで喬済に関《かか》わろうとする理由が、よくわからない。雅が兄の棗に対して、ある種の危機感を抱くがゆえに、喬済を逃げ場にしていることはわかっているし、純粋な好意で世話をやいているのも承知している。わからないのは好意の理由だった。喬済には、雅が自分のどこをそんなに気にいったのかが見当もつかなかった。

そして、喬済が抱く不可解な感情の動きも。

「俺は干渉されるのが嫌いなはずだろ……」

一人きりの部屋で、喬済は自分自身に問いかける。

雅は喬済の都合などおかまいなしにものごとを決め、独特のパワーでそれを実行に移して、喬済のプライベートに踏みこんでくる。なにより嫌なことのはずだったのに、喬済はなぜか雅の干渉を許容し、それどころか雅に引っかきまわされることを心地好《よ》く感じている。

親しくなるつもりでいたとはいえ、ここまで近づかせる必要はなかったはずだ。たとえば顔見知りとして、話をする程度でも十分だった。

必要のない、嫌いなはずのことを許容し、そしてとうとう気持ちまでもかき乱されて、喬済は戸惑っている。

ふいに、電話が鳴った。

喬済は現実に戻されて、硬質な声で電話に出た。

「はい……」

電話から聞こえてきた声に、喬済は表情ひとつ変えなかった。相手は予想がついていたし、用件も想像がつく。

メールで送られてくるデータを受け取るために、喬済はパソコンに手を伸ばした。

「いま、見ます。それじゃ」

彼はそっけない返事だけして受話器を置いた。

パソコンが立ち上がる間、切れ長の目は睨むように、雅が取りつけていった水色とベージュのカーテンを見つめていた。


コマーシャルばかり流すテレビをリモコンで消して、棗はキッチンでコーヒーを煎れている雅に目をやった。

帰宅した雅はすこぶる上機嫌で、なにをするにも軽快そのものだ。

「なにか、いいことでもあったのか？」

「えーなんで？」

ペーパーフィルターで煎れたコーヒーを棗のカップに注ぎ、雅はわざわざそれを運ぶ。言われもしないのにここまでサービスすることからして、ご機嫌である証拠だ。いつもの雅だったら、文句を言いながら渋々やるか、自分でやれと言い返すかのどちらかなのだ。

「そういう顔をしてる」

「そ、そうかな」

サーバーに残っている二人分のコーヒーが、雅の上機嫌の答えでもある。きちんとマグカップを二つ用意しているのは、これから三〇一号室にコーヒーの出前にいくという意味だ。

「喬済くんとデートして、浮かれてるのか？」

「なんでデートになるんだよっ！　一緒に買いものしただけだって」

「ご機嫌のわけは、喬済くん絡みだろう？　絶対に、当たってるはずだ。なんたって、俺は雅の母親代りだからな」

雅は少し間をおいた後、照れたように頷いた。

「う、うん。なんかさ……ほら、さすがにおれも図々《ずうずう》しいかな、って思ってたんだ。ほんとは森さん、すごい迷惑してて、でも仕方なく我慢してるとかさ。したら、そんなことないって。いままでと一緒でいいって言ってくれたから、ちょっと嬉しかったんだ。それだけだよ」

「ほー……」

浅く何度も頷いて、棗は煎れたてのコーヒーを啜った。

「あのさ、兄ちゃん。ちょっと訊いていいかな」

ためらうように尋ねる雅を、棗は視線で促《うなが》した。

雅はソファにかける棗の正面にまで移動してきて、言った。

「さっきね、階段で引っ越してきた人に会ったんだ」

「ああ……えらく愛想のいい男だったな」

棗は郡司の印象を一言で表した。

「うん。おれ、その人にぶつかって、階段から落ちそうになったんだけど……そんとき、森さんが持ってた袋、落としちゃってたんだよ。背中向けてたからよくわかんないんだけどさ、それってつまり、おれのこと助けようとしてくれたってことだよね」

「まぁ……そうだろうな。なんだ、そんなことで喜んでるのか？」

いささか呆れた調子を含めて棗は言った。彼にしてみれば、そんなことは至極当然のことであり、特別な感慨を持つほどの話ではないのだった。

そんな棗の態度を諌《いさ》めるように、雅はぐっと身を乗りだした。

「だって、森さんって、接触嫌悪症なんだよ」

「ああ……そうだったな」

「もしかしたら、あれで結構、おれに打ち解けてきてるのかもしれないじゃん。おれ、頑張るからね。頑張って、森さんを矯正する!」

意気ごむ雅は、そのままの勢いですっくと立ち上がった。

「矯正か……ま、若いうちのほうが期間も短くてすむな」

「歯と一緒にすんなよ。じゃ、行ってくるからね」

雅はコーヒーをカップに注ぎ、いそいそとリビングを出ていった。

二階から三階までのコースはもう慣れたものだ。雅はこの数日、幾度となく三〇一号室との間を行き来している。

喬済の部屋の前でインターホンを押し、少し待った。

内から鍵を開ける音はしているが、ドアチェーンの音はしない。エントランスがフリーなのだから、チェーンはかけなきゃだめだと何度も言っているのに、喬済はまるで実行してくれる気配がなかった。

三〇一号室のドアが開く音に、三〇二号室のドアが開く音が重なった。思わず振り返った雅の視界に、郡司の姿が飛びこんできた。

「おっ、さっきはどーもね」

郡司はドアに施錠しながら、出迎えた喬済と、カップを手にした雅を見て、愛想よく笑う。

そしてゆげを立てているカップに目を留めた。

「あ、美味《うま》そ。なんの豆？」

「え……なんかよくわかんないブレンド」

「雅ちゃんが煎れたんだ？」

想像もしていなかった呼び方をされて、雅は面食らった。いままで彼をちゃんづけで呼んだ者は、おとなしまでマンションに住んでいた幼稚園の女の子しかいなかった。覚えていないくらい小さなころにはあっただろうが、ひとまずそれだけだったのだ。

高校生にもなって、年上の男からちゃんをつけられるとは。あまりにも意外すぎて、雅は不愉快になるより先に呆れてしまった。

絶句していると、郡司は脳天気に続けた。

「いいなー。仲よくなると、コーヒーの出前までしてくれんの？」

「あ、そういうわけじゃないけど……あの、いりますか？」

遠慮するだろうと思って言った雅に、郡司は破顔一笑した。

「サンキュ。でも一口でいいや」

言うが早いか、郡司はカップを持つ雅の手ごと両手で抱えこみ、言葉通りカップに一度だけ口をつけた。大きな手に、雅の手は完全に包まれてしまっている。

「美味かった。ごちそーさん」

郡司は雅に笑いかけ、それから喬済にも同じ笑みを向けて、階段を下りていってしまった。エレベーターが一階にいたので、呼ぶのを面倒に思ったらしい。

「なんか……変な人だね」

同意を求めて喬済を見上げ、雅は目を瞠《みは》る。階段のほうに向けられている喬済の目が、思いのほか険しさを帯びていたからだ。

「森さん……？」

「え……？」

視線が雅に戻るその一瞬で、表情は見事なまでに形を変えた。見慣れた「つまらなそうな顔」だろうと思っていたのに、少しだけ柔らかな表情を向けられて、また驚かされてしまう。

喬済の印象が、わずかながらも変わってきていることに、雅は気がついた。

「なんか……ちょっとだけ、つまんなそうじゃなくなったね。あ、おじゃましまーす」

ひとまず断りを入れてから雅は部屋に上がった。背中でドアが閉まる音と、施錠の音を聞きながら、カーテンのついた窓を眺める。

薄くて明るい色彩のカーテンひとつで部屋の雰囲気が変わるように、表情ひとつで喬済の雰囲気もずいぶんと変わって見える。

今日はいつもとは違う喬済の顔を見た。いつもよりほんの少しだけ柔らかな表情と、ひどく険しい、鋭い顔――。

「あの人……郡司さんのこと、もしかして生理的にダメ？」

ああいったノリの人間が、どうしても好きになれない人もいることを雅は知っている。特に喬済のようなタイプなら、ありえそうな気がした。

「……まぁ、わりとそうかな」

「やっぱり」

雅は大いに納得して、頷いた。

本当の問題は郡司自身ではなく、彼が雅にとった行動だったのだが、それは言葉にされなかったし、雅が気づくこともなかった。

カップに口をつけている雅を、喬済は黙って見つめている。

コーヒーで濡《ぬ》れる唇から、喬済は目を離さなかった。

「あ……」

学校帰りにスーパーに入った雅は、安売りの札を見つけ、ぱっと表情を明るくした。

(ラッキー、グレープフルーツ超安い……!)

籠《かご》にグレープフルーツを次々と入れていると、五つめを摑んだところでくすりという笑い声が聞こえた。

「すげぇなぁ。そんなに買うの?」

振り向けば、郡司が楽しげに笑みを浮かべて雅を見ていた。

「あ、こんにちは」

「ども」

郡司は籠を持っていないほうの手を軽く上げ、愛想よく挨拶をしてくる。

その籠の中を覗き、卵や玉葱《たまねぎ》が入っていることに雅はほっとした。この上、郡司までもが喬済のようだったら目も当てられないところだ。

「料理するんですね」

「一人暮らし、長いからさー。大学一年のときからもう七年やってる」

「じゃ、いまの森さんと同じ年からだ……」

独り言ちて、雅は五つめを籠に入れた。

「ああ、三〇一号室の彼? まだ一回もしゃべってないんだよな。なんか俺のこと嫌いみたいだしね。ところで雅ちゃん、そんなにグレープフルーツ好き？」

郡司は興味深そうにグレープフルーツを手にし、雅の顔を見つめた。その顔にはまるで悪意というものがないから、ちゃんづけで呼ばれても怒る気にはなれない。それに、こんなことで怒るほど子供でもないという気持ちもある。

だから質問に対する返事だけを雅はした。

「好き……だけど、一人で食べるわけじゃないですよ。兄と、あと森さんの分もあるから」

「ああ、なるほどね」

「それじゃ、お先に」

会釈をしてレジに向かう雅を追いかけるように、郡司も手にしたものを籠に入れてレジへ向かい、会計をした。並んでレジ袋に買ったものを入れ終わると、自然に一緒に帰ることになった。

「俺ねぇ、午前中、棗さんの患者だったんだぜ」

「虫歯ですか？」

「検診したんだけどさ、虫歯が二本見つかっちゃってショックだよ。それにしても、繁盛してんのな。患者さん、女ばっかだったけど、みんな歯医者に来てるとは思えないよーな、お洒落《しゃれ》してたぞ。あれはやっぱ棗さん目当てか？」

「うーん……まぁ、顔はあんなですから」

笑いながら雅は頷く。しかし、人目のないところで雅に接するときの棗を見たら、きっと患者は激減するだろうとも思った。

「雅ちゃんて視力どのくらい？」

突然の質問に、雅ははっとなる。

「もしかして、どっかでおれ、目ぇすがめてました？」

「うん」

またやってしまったと雅は溜め息をついた。気をつけているつもりなのに、無意識の癖はなかなか直らない。

「そんな悪くないんですけど、癖でやっちゃうんですよ」

「気ィつけないと、メンチ切ったってインネンつけられっぞ」

ずばり言い当てられて、うっと言葉に詰まった。まさに、郡司の指摘した通りのことで雅は苦労しているのだ。

苦笑いをしながら郡司を見上げ、雅は過去のできごとを白状した。

「実は、何回かそれで失敗してるんです」

「えーっ、大丈夫だった？　金取られたりとか、ケガさせられたりとかしなかった？」

「金は取られたことあったけど、ケガはなかったです」

「そういうの、何回くらいあったの」

訊かれるままに、雅は小さなできごとも含めて話して聞かせる。もちろん雅が、ものを壊してしまった話は割愛した。

郡司は熱心に聞いた後、大きく頷いた。

「雅ちゃんは、突っかかりやすいんだよな」

「え、どうして？」

「うーん……怒んなよ？　つまり、ケンカふっかけても勝てそうに見えるんだよ。華奢だし、可愛いしさ」

「かっ……」

面と向かって、しかも揶揄ではなく大真面目《おおまじめ》に言われるのは慣れないことなので、雅はすっかり面食らってしまった。

そんな雅を見つめて、郡司は楽しげに目を細めた。

「ケンカ、弱いだろ」

「な、なんでそう決めつけるんですか」

少しだけムッとして、雅は上目遣いになる。

「いや、だってなぁ……この細っこい腕とか薄っぺらい肩とか、どう見ても強そうには見えねぇもんなぁ」

郡司の手が、肩の薄さを確かめるように軽く置かれる。確かにその手は大きいし、郡司は腕も肩も胸も、すべてが雅よりも大きくできていた。

「でもそれだけ絡まれてて、よくいままで無事だったな。なんか回避する秘訣でもあんの？」

「べ、別に……」

つい動揺をし、それを押し隠すために雅は視線をうつむかせる。思い通りにならない力は尋常ならざるものであり、けっして他人に口外はできないのだ。

肩に手を置いたまま雅を見つめる郡司の視線が、ひどく居心地悪かった。

「どうした、雅ちゃん？」

「いえ、あの……」

「雅……！」

少し掠《かす》れたように聞こえる喬済の声が、いきなり雅の耳に飛びこんできた。声はいつもより心なしか低くて、そして感情的だった。

振り返った雅は、ほっと安堵の息を漏らす。このまま郡司と話をしていたら、ぼろを出してしまいそうで不安だったからだ。

肩から手を離した郡司を見て、喬済は軽く目礼した。それから雅の横に来ると、黙って雅が持っている重いレジ袋を取りあげようとする。そのときに、確かに手が触れたが、喬済はかまう様子を見せず、袋を引き取った。

「あ……ありがと」

以前だったら、女の子じゃあるまいし、とでも言って袋を奪い返していたところだが、喬済に親切にしてもらうのは妙に心地好くて、雅は黙って好意を受けた。

「ずいぶん買ったな」

「森さんの分も入ってんだよ」

なにげない言葉を交わしながら、雅は気づいた。どうやら郡司と話しているよりも、喬済と話しているほうが、好きだということに。

郡司はかなり愛想がよくて取っつきやすく、話を聞くのが上手で人当たりも悪くない。なのに、つまらなそうな顔をして雅の横にいる男のほうが、一緒にいて楽しいとは不思議な気がした。

(おれも変わってるかも……)

ふっと息を吐いてから、雅は反対側の隣にいる郡司を盗み見た。盗み見たつもりだったが、相手の視線は最初から雅のところにあったから、結局はしっかりと視線をあわせることになってしまう。

「な、なんですか……?」

「いや、仲いいなぁと思って。ええと、森くん……だっけ? 話すのは初めてだな。お隣さんのよしみで、これからよろしく」

「こちらこそ」

笑いながらの言葉に、喬済は抑揚のない声で返した。

どう考えても「よろしく」する気はなさそうだ。雅にもひしひしと伝わってきていたが、どういった類の感情かまではわからない。

わかっているのは当の喬済と、郡司だった。

喬済の発する気配は、敵意としかいいようがないものだ。悪意ではなく、あからさまな敵意なのだった。

「青い青い」

ぼそりとした郡司の小さな呟きは、すぐ隣にいる雅の耳にさえ届かなかった。

三人一緒にマンションに着くと、喬済は当然のように雅と階段を上っていこうとした。持った荷物を佐々元家まで届けるためだ。

「雅ちゃん」

郡司は自分のレジ袋からグレープフルーツを取りだし、雅の手を取ってそこに載せた。手を握るような形になったのを見て、喬済はあからさまに目をすがめた。

「じゃ。またな」

最後に喬済を一瞥し、郡司は三階へ行ってしまう。

雅は唖然としていたが、やがて気を取り直して部屋に向かった。

「やっぱ、なんか変な人だよね」

独り言に近い呟きに、喬済は返事をしなかったが、そういったことは、いまに始まったことでもないので、気にも留めずにドアのロックを開けた。

今日は真面目に診療をしているので、自宅に棗の姿はない。

受け取った袋からグレープフルーツを出して冷蔵庫に収めると、すぐに雅はコーヒーの用意をした。早くケトルが蒸気を噴きださないかと気が急《せ》くのは、喬済に確かめたいことがあるからだった。

考えこんでいるふうな喬済をちらちらと気にしながら、雅はコーヒーを煎れて喬済の斜め前に座る。

「あの……さ」

半分くらいカップの中身が減ったところで雅は切りだした。

これまでのように伏し目がちのまま聞いてくれればいいと思っていたのに、喬済は顔を上げて、まっすぐに雅を見つめた。

まずはなにげない話をしようと、用意していた言葉を口にする。

「さっき、雅って呼んだからちょっと驚いちゃった」

喬済から呼び捨てにされたのは、あれが初めてだった。そもそも彼は、ほとんど雅の名を口にしなかったのだ。

もちろん呼び捨てが不快なわけではなかった。

「おれも森さんのこと、名前で呼んじゃおうかな」

拒否されたときのことを考え、冗談まじりの口調に隠して本気を告げた。

「いいよ。呼べば」

ぶっきらぼうな言い方だが、そういうもの言いをする男だと知っているから、雅は少しも気にならなかった。むしろ喬済の肯定に嬉しくなる。彼の高い囲いの中に入れてもらえたような気分だった。

自然と顔が緩んだ。

そんな雅を見つめる喬済は、普段よりもずっと口数が少ない。べらべらしゃべらないのはいつものことだが、ここまで押し黙って雅を見つめ続けるなど、いままではなかったことだ。

雅もさすがに訝《いぶか》しがった。

「……どうかした？」

尋ねても、喬済はまるで動かない。返事もしないどころか、視線すら動かさなかった。

「も、森さん……？」

心配になって覗きこむようにして近づくと、いきなり喬済は言った。

「名前で呼ぶって、言ったばかりだろ」

思いもかけない言葉に、雅は呆気にとられてしまう。

様子がおかしいから心配してみれば、まるで場違いな言葉が戻ってきた。相手が他の人間だったら、きっと冗談半分に怒ってみせたかもしれないが、喬済だったから、雅は瞬きを繰り返すことしかできない。

見つめてくる切れ長の目は真摯《しんし》で、強く雅を捉《とら》えていた。

「俺……接触嫌悪症だって、言ったろ？」

ふいに話し始めたことに驚きながらも、雅は頷くだけの返事をした。

「我慢できないってほどじゃないんだ。恐怖症じゃなくて、ただ嫌なだけだから……」

「あ、うん……。ごめん、つい……」

雅は突然の言葉の真意がわからず、意味を取り違える。最初に言われたことを忘れて、なにかにつけてうっかり触れてしまうことを、喬済が咎《とが》めているのだと誤解したのだ。

ソファの肘《ひじ》かけについた手に、自然と力が入る。親しくなれたと浮かれていたのがバカみたいに思えた。

だが喬済の手が雅の手に重ねられ、雅は驚いて目を瞠り、手元をまじまじと見つめた。

喬済の手は、雅の手を覆い隠すように被せられている。

「あの……森さん……」

「喬済」

「は？」

重なる手に釘《くぎ》づけだった視線が、再び喬済に戻った。そこには感情を露《あらわ》にした喬済の顔が

あった。

どうしてそんなに必死なのかと不思議に思うほど、喬済は真剣だった。

「自分でそう呼ぶって言ったんだろ？」

「そ……だけど……。あの、それって大丈夫？」

放してもらえないままの手を指して雅は問う。

男が二人、見つめあったまま手を重ねているなんて、ちょっと変だと思う。だが雅は自分から引っこめることができず、困ったように喬済の顔を見たり手元を見たりした。

視線を定めさせるように、喬済は口を開いた。

「俺が人と接触するの嫌になったのは、中学に上がったころからなんだ」

「あ……えっと、なんかあったの？」

「雅みたいに、異端になった自分に適応できなかったんだ」

思いもかけない言葉にぎくりとして、雅は大きな手の下で手を震わせた。

どうしてそんなことを知っているのか。大きな目はこれ以上はないというくらいに見開かれた。驚きのあまり、なにも他には考えられなかった。

「俺は、雅がどうして俺にかまうようになったのか知ってるよ。ひとつは純粋な好意で、もうひとつは棗さんとなるべく二人きりでいたくなかったからだ」

「どうして、そんなこと知って……」

「雅は棗さんの冗談が、もしかしたら本気かもしれないって怖がってる」

誰にも告げたことのなかった気持ちを言い当てられ、雅は激しく動揺を示す。

「すぐ顔に出るよな。わざわざ考えを読む必要がないくらいだよ。雅は、表に出てる態度とか言葉が、そのままだからな」

「え……？」

考えを読む。喬済は確かにそう言った。唖然として見つめていると、喬済は頷いて、再び口を開いた。

「読めるんだ。俺は相手に触れると、そいつの考えが読める。一字一句、ってわけじゃないけど、なんていうか……その人の感情とか思考が漠然と伝わってくるんだ」

言われたことが、急には理解できない。最初のパニックからようやく立ち直ったのに、今度は言葉が頭の中でごちゃごちゃになっている。

だから雅の反応はずいぶんと遅れた。

「……それって、つまり接触テレパシーってこと？」

以前読んだ本に書いてあった用語だった。雅が自分の特異性を自覚した直後に、ずいぶんとその手の本を読み漁《あさ》ったのだ。超心理学はもとより、その手の単語がタイトルにあれば片っ端から読み、果ては怪しげなオカルトの本にまで目を通した。

喬済も雅も、そして棗も、つまりは世間でいうところの〈超能力者〉なのだ。

「ああ、やっぱり棗さんもそうなんだな」

雅の考えを読んだらしいが、もう驚きはなかった。不可思議な現象には、慣れている。だから順応力も早かった。

「……おれたちだけじゃ、なかったんだ……」

異端が自分たち兄弟だけではないと知って、ほっとした。しかも、同類だと告白してくれたのは、喬済なのだ。おかげで以前にも増して、彼への好意は膨らんでいく。

「あ、それじゃ、いまもおれの考えてることわかるの？」

「読もうと思えば」

「じゃ、触ったら全部入ってきちゃうってわけじゃないんだ？」

「そんなだったら、きっと俺はもう正気じゃなくなってるよ」

力のない笑みを、喬済はその端整な顔に刻んだ。

雅はひどく胸が痛くなる。こんな笑い方は見たくなかった。

その能力は、喬済になにかしらのマイナスをもたらしてきたのだ。表情だけでも、はっきりとそれがわかった。

「最初は、全部だったよ。十三になったばかりのころだったかな。触れる人間の思考が勝手に流れこむようになって、本当に頭が変になるかと思ったこともあった。混《こ》んだ電車なんか最悪だったな。何人もの思考が雪崩《なだれ》こんできて、何度も吐いてた。そのうちに制御することもできるようになったけど、そのときには、もう接触嫌悪症みたいになってたんだ」

言いながら、喬済は顔を歪めた。

一度に他人の思考がいくつも入りこみ、頭の中を掻《か》きまわすという状態は、とうてい雅に理解できるものではなかった。なかったが、他人に触れるのを厭《いと》うようになるほど辛《つら》いことなのはわかった。

(でも……)

雅はずっと重ねられたままの手を気にした。

「大丈夫みたいなんだ」

先まわりをするように、出し抜けに喬済は言った。

「少し前から、平気になってた」

「じゃ、治ったんだ？」

「それが、大学で人に触られたときは駄目だったんだ」

「なんで、そのときは駄目だったんだろうね？」

心底不思議に思いながら言うと、喬済は目に見えて脱力した。はっきりわかるくらい、呆れていた。

ますます困惑していると、喬済のほうが遥かに困ったような顔をして、握った手をさらにぎゅっと握ってきた。

「つまり、雅だけ大丈夫なんだ。普通、とっくに気づきそうなもんだろ？」

「そうなんだ……？」

「きっかけは、あんまり雅がバカ正直だったからだと思うけど」

「それ褒めてんの」

可愛いとあちこちで褒められる顔が、少しだけムッとした色を帯びる。

「一応」

「ほんとのことだからいいけどさ……」

雅はそれだけであっさりと納得した。もう少し掘り下げて尋ねていたら、喬済からもっと正しい回答が得られていたところだが、それきり問いを重ねなかった。

雅には理由より、自分だけが大丈夫という事実のほうが重要だったのだ。

（おれだけ……かぁ）

そんな些細《ささい》なことに嬉しくなっている自分が、ひどく子供じみて思えた。

「あ、いまは読んじゃった？」

「ずっとプライバシーの侵害をしてるわけじゃないよ。言ったろ？　いつもはブロックしてるって。相手の感情が激しかったりすると、普通のブロックじゃ入ってきたりもするけど、それも意識してやれば防げるし」

「そっか。偉いよね。ちゃんとコントロールできててさ。おれなんか、感情のまんま大暴走だもん。そのうち、フォローできないようなことしでかしちゃったら、どうしよう……」

苦笑いをしながら雅は続けた。

きちんと制御ができる喬済を羨《うらや》む感情が、そして考えが、触れた手から次々と喬済に流れていく。

接触嫌悪症さえ治れば、すでに自分の力を抑えられる喬済は、棗のように異端であることを重荷に感じなくなるのかもしれない。

いつになったら、自分は力を制御できるのだろう。いったい、どうやったらコントロールできるようになるのだろう。もしかしたら、この先もずっと——。

「雅だって、そのうちちゃんと制御できるようになるよ」

「だといいけど……あ、読んだ！」

咎めるように、雅は不満そうな顔をしてみせた。

「駄目だよ。なんか、裸を見られてるみたいでやだよ、そういうの」

「裸……って……」

雅の言葉に、喬済は少なからず反応を示した。手を握っている状態だったから、その些細な反応も、雅に伝わった。

「なに？　どうしたの？」

「いや……なんでもない」

「なら、いいけど……。ねー、これって平気？」

雅の手はぺたりと喬済の腕を触ってみた。

「平気、だけど……」

返事を確かめてから、雅の手はぺたぺたと、軽く叩くようにして腕から肩へ上がっていく。

まるで色気のない触れ方ではあったが、触れられたほうの心中が穏やかであるはずはなく、やがて掌《てのひら》が頰に触れたとき、思わずといったように喬済は雅の背中に手をまわしてきた。

抱きしめられる形になったものの、雅はそれを、単に喬済が接触可能範囲について確かめているだけだと思ってしまった。

「大丈夫みたい？」

無邪気に尋ねると、喬済は小さく溜め息をついた。


理性と感情は、まったく別々に働けること。衝動という言葉の意味。喬済は二つのことを同時に思い知った。

雅にとってはこの抱擁も、喬済がどの程度までの接触が平気なのかを確かめているだけのものだ。能力を使って読むまでもなく、雅の態度でわかってしまった。

（俺の気持ちになんか、気づいてもいない……）

つまり、恋愛感情にまで達しているのは、喬済のほうだけだ。子供とまるで一緒で、雅にとって喬済は『大好き』という言葉ですべて片づく、性的欲望とは無縁の存在だ。

雅の目が、はっきりとそう告げている。

（棗さんには、危険を感じてるくせに……）

そう思うと胃のあたりがムカムカして、喬済は苦い顔をした。

これが嫉妬《しっと》という感情なのだ。郡司に対しても同じだ。あまりに気安く雅に触れるので、どうしても快く思えない。

雅の細い身体を捕らえる腕は強く、胸が密着するほどにはしっかりと抱きしめているはずなのに、雅は相変わらず様子を窺うように喬済の顔を見ている。男に抱きしめられることに違和感を覚えていないあたり、喬済は棗の悪い影響を感じた。過剰なスキンシップに慣れきってしまっているのだ。

「棗さんはキスしたりするのか？」

「は……？」

「身の危険を感じてるんだろ？」

「う、うん……でも、別にそこまでは……あと、いろいろ言ったりはす……あ……」

はっとして、雅は身を硬くする。

喬済に、その一瞬の考えは流れてしまっていた。故意に読もうとしたわけではなく、雅の思考はブロックしていても、ときどきふいに伝わってきてしまう。

「棗さん……そんなこと言ってたのか？」

――接触嫌悪症なら雅の貞操の危機はありえない。

だいたいこんな意味のことを、棗は言っていたようだ。

「よっ、読むなってばっ……！」

慌てて離れようとする雅を、喬済の腕はより強い力で引き止めた。

「わざとじゃないよ。雅のは流れてきやすいんだ」

「なんで？」

問われて、喬済は理由を考える。しかしなにしろ初めてのことだから、喬済にもはっきりしたことはわからなかった。

推測ならば簡単だし、あながち間違ってはいまいという自信が喬済にはあったけれども。

「たぶん……雅に対しては、俺が気持ちを緩めていられるからだと思う」

「そうなんだ？　あ……あのさ、変なこと訊いていい？　人に触るのが嫌ってことは、もしかして、つまりいままで、き……キスとか、もっと先とか、無理だったの……？」

「ノーコメント。いままでは他人に触れたいと思わなかった、とだけは言っておく」

最後まで雅に言わせず、喬済は返答を拒否する。

触れたくなくても、触れることはできる。触れなくてはいけない場面も、いくつかあった。だがそれをこの場で雅に言うのは憚《はばか》られる。軽蔑《けいべつ》されたくなかったし、喬済にとって重要なのは、いまがどうかということだからだ。

「なんだよ、それ」

回答に不満なあまり、雅は喬済の言葉が過去形であったことを見すごしていた。いままでは思わなかった、ということは、現在は思っているということなのだが。

そう、喬済は、雅に触れたいのだ。もっと正確に言うなら、雅の言う「キスとか、もっと先とか」をしたいと願っている。

雅はうーんと唸《うな》ってから、仕方なさそうに言った。

「それでさ……いつまでこうやってんの？　いくら接触嫌悪症治ったからってさぁ……もしかして人肌恋しいってやつ……？」

「治ってないよ。雅限定だって言ったの忘れたのか？」

「え……ちょ、ちょっと待って……じゃあなに？　こういうことできるの、もしかしておれだけってこと？」

恐る恐る尋ねる雅に、あっさりと喬済は頷く。

「そういうことになるよな」

「それって、問題ない？」

「別にないけど」

「そ、そう……っ？」

雅は形のよい眉《まゆ》をひそめ、じっと喬済を見つめる。大きな瞳は瞬きも忘れたように喬済の目を見ていた。

こぼれそうな目だ。濁りがなくて、まっすぐで、まるで濡れているよう。そこに喬済が映りこんでいるのが、やけに嬉しい。

思わず唇を寄せてしまったのは、喬済が自分にはないと信じていた衝動というやつのせいだった。

「…………な……」

キスをして数秒後に、反応は現れた。

ビシッ！　と、鋭い音を上げてレザー張りのソファの表面が裂ける。まるで紙が裂けるようなあっけなさで、厚い革はズタズタになった。

喬済はその一部始終を目で捕らえながら、雅から唇を離した。

触れるだけの、可愛らしいキスはそれで終わった。

「……すごいな」

「あ……」

ようやく雅が正気に返った。そして周囲の惨状に気づいてサーッと顔色を変える。中身が出るくらい深く裂けたソファが三月に買い替えたばかりという事実より、また感情の制御を忘れたという点が問題だった。

「け、ケガは？　とばっちり受けなかった？」

「とばっちりというか……俺が悪かったんだと思うけど」

「あ……そ、そうだよ！　いくらなんでもあれはやりすぎだよ！　兄ちゃんだって、キスまではしないぞ。他の人に触れないからっておれで間にあわせるのよしてよっ……！」

真っ赤になって怒鳴る雅は、怒っているというよりも激しく動揺しているという印象が強かった。

とりあえず、雅の力が人を傷つけたことはないのだ。たまたまなのか、それともその部分だけは雅がブレーキをかけているのかは不明だったが。

「ほんと、ダメだよ。おれって危ないんだからさ。試しにしてみたキスでケガしたら、つまんないよ？」

「雅、俺は……」

好きなんだ、と告白してしまいそうになり、喬済は喉まで出かかった言葉を慌てて呑みこんだ。

自分がなんのために、このマンションにやってきたのかを思いだしたからだ。

雅の近くにいるのは少なくとも恋愛するためではない。

私情を挟むことが、課せられた役目に支障を来さないとはいいきれない。そして、迂闊《うかつ》に自分の抱く想いを伝えて、それが原因で遠ざけられでもしたら元も子もない——。

雅は自分が女の子と同じような目で見られたり、扱われたりすることに対して神経過敏なのだ。『おじょうちゃん』などと言われただけで反応しているくらいなのに、喬済に好きだと言われたら、どうなるかわかったものではない。喬済には雅を女扱いしているつもりなど毛頭ないが、いくら説明しても雅は納得しないだろう。

喬済は波立った感情を凪《なぎ》に近づけると、いつもの淡々とした、抑揚の乏しい声音で雅に言った。

「驚かせて悪かった。雅の言う通り、人肌が恋しかったのかもしれないな」

「ったくもー、どいつもこいつもなんでこう突飛な行動すんだろ」

大袈裟《おおげさ》なくらいの溜め息をつく雅を、喬済は複雑な思いで見つめた。

喬済《たかずみ》が自分の部屋の前で鍵を取りだしたとき、廊下の奥のほうから内鍵を開ける音が聞こえた。位置からして三〇二号室だとわかったが、喬済は無視してドアを開けようとする。部屋の主である郡司《ぐんじ》が出てこようと、自分には興味も関係もないと思った。

しかし、そう思っているのは喬済だけだったようだ。

郡司はドアを開けて顔を見せると、最初から喬済に声をかけるのが目的で出てきたように、すぐに言った。

「ちょっと上がらないか？　森くん」

読みかけだったのか、本を手にしたまま郡司は愛想よく笑った。

「なにか用ですか」

ちらりと一瞥《いちべつ》し、喬済は自分の態度を明らかにする。ようするに、郡司には好意を持っておらず、そんな相手と話をしたいとは思わず、従って誘いに応じる気はない、という態度だ。

「まぁまぁ、そんなに尖《とが》りなさんなって。雅《みやび》ちゃんにちょっかいかけたのは、別に深い意味はないんだ。ちょっと、君の反応を見たかっただけでさ」

申し訳なさそうに、郡司は右の目だけを瞑《つむ》ってみせる。

「あんた……」

雅への気持ちを知られていることに、喬済は目を剝《む》いた。彼としては、他人に知られるほど露骨な態度を取ったつもりはまったくなかったのだ。それをいきなり言い当てられた上にフォローまでされてしまったのだから、郡司への態度がますます硬化するのは当然だった。

「誓って、俺はあの子をどうこうしたいとは思ってない」

郡司は胸に手を当てる誓いのポーズを取った。おどけて見せるそういうところが、いちいち真剣味に欠けて、余計に喬済の神経を逆撫《さかな》でしていることに、郡司はまるで気づいていなかった。

悪意のないナチュラルないやみ――としか思えない喬済は、無表情になった。

「ちゃんと話せば、俺に疚《やま》しい気持ちがないこともわかってもらえると思うんだけどな」

くだらない、と部屋へ入ろうとした喬済の目に、郡司が手にした本のタイトルが飛びこんできた。

それは喬済を動かすには十分なものだった。

「……わかりました」

「じゃ、どうぞ上がって」

招かれるままに、郡司の部屋へと上がる。もちろん警戒はしているが、あからさまに気を張るほど未熟ではないつもりだ。

間取りは完全にファミリータイプで、部屋は二つあるらしいのに、なぜかリビングに本棚があり、そこにはずらりと超常現象の類《たぐい》の本が並んでいた。

喬済は驚きと、そして懸念を抱いた。

蔵書は範囲が広く、超心理学やPSIといった言葉がタイトルに入っている本から、心霊やシャーマニズムやヒーリング、気功や催眠術や神秘、果てはUFOやオーパーツといった単語まで見える。それらが喬済の身長と同じくらいの本棚にぎっしりと詰まっていた。

「ちょっとすごいだろ」

自慢するように、郡司の口元が上がった。彼が客に飲みものを用意するため、いったんテーブルに置いた本は超能力に関する本だった。

「かなり好きみたいですね」

さらりと、特に感情もこめずに喬済は呟《つぶや》く。まだ郡司の興味がどういったものなのかわからない以上、どちらにも傾ける発言をしておく必要があるからだ。

「君はリアリスト？」

「そういうわけじゃないですよ。この世のすべての現象が科学で片づけられるとは思ってませんから」

「いいな。やっぱり若いと、思考が柔らかいわ」

郡司は満足そうにインスタントコーヒーを飲む。同じものを喬済にも手渡してきたが、口をつけるつもりはなかった。

「それで、なんですか？」

「うん。お隣さんとして交流をね。お互いに引っ越してきたばっかりだろ？　ほとんど同時期だし、一人暮らしだし……と思って」

「俺は忙しいんですけど」

郡司は薄く笑いながら、探るような目をした。

まるで意図が見えなかった。白々しく世間話をする気ではないだろうが、態度からはまったく腹を読むことはできない。

理由をつけて、直接触れてみようか……。そんな考えが喬済の脳裏をよぎったとき、郡司は口を開いた。

「雅ちゃんといる時間はあっても俺と話す時間はないか」

「必要を感じないだけですよ」

「ま、嫌いなヤツとまずいコーヒー飲むより、好きな子が煎れてくれた美味《うま》いコーヒーを一緒に飲むほうがいいに決まってるよな。雅ちゃんのコーヒー、えらい美味かったもんな」

郡司は自分で煎れたインスタントコーヒーを一口飲んで、あまり美味くないと言いながら顔をしかめる。

ものも言わず、喬済は郡司を見据えた。視線が険しくなるが、幸いなことに郡司は意味をまったく違うものに取り違え、苦笑した。

「ほんとに雅ちゃんに下心はないって」

あくまで嫉妬《しっと》だと思ってくれることは、喬済にとって不幸中の幸いであった。それから喬済は自らを落ち着かせ、相手が不審に思わない程度の警戒を纏《まと》うことに成功する。

少し態度の軟化した喬済の機嫌を取るかのように、郡司はしゃべり続けた。

「確かに可愛いけどさ、男の子だし……あ、別にだからって森くんの恋愛にとやかく言うつもりはないんだ。俺にできることがあるなら、協力するし」

「それは……どうも」

「だって、まだなんだろ？　雅ちゃん、そーゆー雰囲気ないもんな。ずいぶん絡まれたりとかして、嫌な思いしてるみたいだけど……森くんも、その話はもう聞いてる？」

郡司の目の色が、わずかに変わった。おそらく普通の人間なら見すごす程度のかすかな変化だが、あいにくと喬済はそういった気配には聡《さと》いほうだった。

これは、ただの世間話ではない。だから相手に情報を与えてはいけない。

喬済はなに食わぬ顔で頷《うなず》いた。

「初めて会ったときに、ちょうど現場に出くわしましたから」

「へぇ……で、助けてあげたわけだ」

「警察呼んだっていうハッタリで追っ払っただけですけどね」

「そのときは、どういう状況だったの？」

「どうって、それだけですよ。郡司さんの仕事、確かルポライターですよね。未成年の恐喝の実態でも探ってるんですか」

さりげなく探りを入れると、郡司は途端に苦笑いをして、乗りだしてきていた身を背もたれに預けた。

「まぁね……」

郡司は曖昧《あいまい》に頷き、それ以上はなにも尋ねなかった。


雅は毎朝、八時二十分に家を出る。

走っていく姿を窓から見ていた喬済は、それから三十分ほど経《た》ってから、大学の教材やノートが入ったバッグを手に部屋を出た。

まず向かった先は、二階の佐々元《さざもと》家だ。

インターホンを押し、名前を告げると、少しして棗《なつめ》が現れた。

「朝っぱらからすみません」

「おはよう。雅抜きで話すのは初めてだな。どうぞ」

すんなり通された先は、昨日、雅がズタズタにしたソファだった。とりあえず、といった感じで大きな布が被《かぶ》せてある。

「雅から事情は聞きましたか」

「聞いた。キスされた、と言ってたな」

ソファを前に、雅がしどろもどろに事情を白状したことは想像に難くない。ソファがこんな状態になった以上は、雅に大きな感情の動きがあったということになり、なにがあったのか追及されるのは当然だ。隠しておけるとは、喬済も思ってはいなかった。

なのに棗の態度は、いつもと少しも変わりがない。溺愛《できあい》する弟にキスをしたというのに、喬済を咎《とが》める様子もなければ、不機嫌そうですらなかった。

それが余計に不気味だった。

しかし喬済には、先に言っておかねばならないことがある。そのために、雅がいないときにやってきたのだ。

「俺のことはあらかた〈委員会〉から聞いてるんですよね」

「君は接触テレパスだって？　それで接触嫌悪症じゃ、大変だな」

同情だか揶揄《やゆ》だかわからない棗の言葉には返事をせず、喬済は本題に入った。

「郡司俊介《しゅんすけ》という男は、要注意です」

「ああ……」

納得したように、棗は頷く。

「昨日、雅のケースについて聞いてきました。部屋に超常現象に関する本があふれてて……雅のことも、なにか感づいてる気がします」

「思考は読んでみたのか？」

「いえ。機会がなかったですから」

そうそう相手に触れる機会などありはしないのだ。無理に接触をはかれば不自然極まりなくなるし、昨日は自然にことを運ぶ流れにもならなかった。

理解を示して、棗は顎《あご》を引く。

「雅を使おう。かまわないか？」

「どうして俺に訊《き》くんです」

「雅が好きなんじゃないのか？」

探るような目を、棗はしている。まるで似ていない兄弟であることは最初からわかっていたが、こうやって人の顔を見つめるときの印象までまったく違っている。

雅には、こんな威圧感はなかった。腹の読めない、不可解さも。

「ほしいなら、かまわないぞ。奪っていくといい」

ふっと緊張を解いて、棗はゆったりとソファにもたれて足を組んだ。そのひどく鷹揚《おうよう》な態度に、喬済は眉根《まゆね》を寄せた。

「それは本心ですか？」

「おかしいか？」

棗のほうがよほど意外そうに薄く口元に笑みを浮かべる。

人の考えを読んでみたいと、こんなにも強く思ったことはなかった。

「あの雅が危機感を覚えるくらいですよ？　冗談では隠しきれないくらい本気ってことじゃないんですか。雅を弟として見ていないんだと思ってました」

「それは、半分正しいな」

棗は半分は間違っているのだと笑う。

喬済よりも十も年上の男は、やはり一筋縄ではいかない食わせ者らしい。ここへ来る前に、ある人物から言われたことを、喬済は思いだした。

『おまえに太刀打ちできる相手ではないから、おまえのことは、今回のすべての事情とあわせて、あらかじめ佐々元棗には伝えておく』

そう事務的に告げられたときは、見くびられているのかと反発を覚えたし、その措置には不満もあった。だがそれも、いまでは妥当だったと思っている。

「雅に欲を感じるのは事実だ。が、弟として見なかったことは一度もない、ということかな」

「……意味がわからないんですが」

「そんなに難しい話じゃない。ようするに、雅の兄としての立場のほうが、雅とのセックスよりも大事だってことだ。どう足掻《あが》いても、あれは俺には恋愛感情を抱かないだろうしな」

「暗示を使おうとは思わなかったんですか」

喬済の問いに、棗は一瞬だけ目を伏せた。

その可能性は雅も懸念していたことだ。棗がもし自分の能力を使ってまで雅を手に入れようと思えば、それはできなくもないのだ。兄弟の愛情を恋愛感情にすり替えることも、肉体を手に入れた後で記憶を消すことも、棗には可能だった。

それが、佐々元棗という人間の特別な能力だ。

だが棗は、シニカルに笑みを浮かべた。

「そんなことをして自分のものにしたとして、満たされると思うか？」

「いいえ」

「そういうことだ。まぁ、俺が十代のころにいまの雅がいたらどうなってたか自信はないが、さすがに当時は幼稚園児だったしな。なまじチビのころから育ててきたせいで、親みたいな気持ちもじゃましてくれる。喬済くんには同性という以外の障害はなさそうだな。接触嫌悪症も雅だけには治ったらしいし」

棗の目が楽しげに細められる。

つくった態度かと思ったが、やがてそれがかけ値なしの本気なのだと知って戸惑った。

ぎりぎりのライン上で雅のことを愛している男が、どうして他の男との恋愛を推奨するのだろうか。同性という問題は、自らもそうだから認めているのだとしても、残りの部分は理解できなかった。

「いいんですか」

「それはさっき言った通りだ。ただし、雅の同意が得られれば、だぞ。それ意外は一切認めない」

喬済は目礼をすることで返事をし、ソファから立ち上がった。

「郡司俊介の件は俺から報告しときます。〈委員会〉のほうで詳しく調べると思うので」

「ああ。雅にも注意させないといけないな」

やれやれと言わんばかりに棗は溜め息をついた。なによりもそれが問題だと思うのは喬済も同様だった。

「俺も、近づかせないように注意します」

「逸脱行為だぞ。いいのか」

本来、喬済に与えられた役目ではないことを棗は仄《ほの》めかす。事実、〈委員会〉から喬済が言われたのは『佐々元雅が一般人として社会に適応していけるかどうか見極める』ことであり、フォローをすることではなかった。手助けをするのは、すでに客観的な見極めをしていないも同然だ。

まだ年若い喬済が選ばれたのは、単に雅と年齢的に近いというだけでなく、性格的に私情を挟むまいと〈委員会〉が判断したからなのだ。

「大したお咎めはないですよ。自分のしたいように動くのは久し振りなんで、好きにさせてもらいます」

ほとんど一方的な宣言に、棗からの言葉はなにもない。ただ、浮かべていた笑みを崩さなかったことが肯定を告げていた。

喬済が部屋を出ていくのを見送った棗は、視線を布を被せたソファに移した。

買い替えなければいけないほど傷ついたレザーは、それだけ雅の動揺が深かったことを示している。

しかし、と棗は浅く息をつく。

「雅にキスまでした男が無傷でいられたってのは、正直言って驚きだったぞ。喬済くん」

力が喬済自身を襲わなかったというのなら、それは雅がキスされたこと自体に嫌悪を感じなかったということだ。

そして雅が広く浅いつきあいをするタイプだということも、棗はよく知っている。雅があそこまで深く関《かか》わったのも、関わろうとしたのも、喬済しかいない。

「障害はあとひとつあったか……。雅は、お子様だからな……」

呟きは、兄としてのものだった。


「ただいまぁ」

学校から帰った雅を待っていたのは、急いで届けさせた新しいソファと、棗と、そしてなぜか郡司俊介だった。

「あれ……どうしたんですか」

「いやー、治療中に雅ちゃんのコーヒーが美味いって話になってさ、そうしたら棗さんが待ってていいって言うんで」

郡司は相変わらずの愛想のよさで真新しいソファに座っている。

棗は、キッチンの中で蒸気を吐くケトルの番をしていた。郡司の近くではないが、十分に目が届く位置だ。

「別に、誰が煎《い》れたって一緒だと思うんだけどな……」

雅はぶつぶつ言いながらも、おとなしくキッチンに入った。

「あ……喬済さん帰ってきてるかな」

「さっき、見たよ」

ソファのところから、雅の独り言を拾って郡司は答えた。

「呼んでみよ」

フィルターに熱湯を注ぎながら、再び雅は独り言《ご》ちる。彼がこう言いだしたのは誰にも容易に想像できることだ。

しかし、棗がそれを見越して郡司を部屋に上げたなど、雅も、そして郡司も考えの及ばないことだった。

雅はコーヒーを煎れる傍ら、喬済に電話をかけた。しっかりと電話番号を記憶しているのを見て、棗は呆《あき》れたように笑っている。

「あ、ほんと？　うん。じゃ、すぐだよ」

あっさりとOKをもらった雅の機嫌はにわかによくなった。もともと悪くはなかったが、〝上《じょう》〟がついたのだ。

「来るって？」

「うん。最近、喬済さんて変わったよね」

言いかけて、雅は急にキスしたときのことを思いだした。

あれを変わった、と言うべきなのか、それとも一皮剝《む》けたら実はああいう人間なのか、どちらにしても接触嫌悪症が一部改善した途端に、喬済はキスをした。

近づいてきた端整な顔のアップが鮮やかに蘇《よみがえ》り、雅はうろたえてしまう。

「あちっ……！」

手元が狂って跳ねた熱湯に、雅は悲鳴を上げた。

「雅……っ」

「大丈夫か、雅ちゃん？」

口々に心配する言葉を寄越《よこ》す棗と郡司に笑顔を振り撒《ま》いて、雅は自分の動揺も一緒にごまかしてしまった。

コーヒーの用意ができたころに、ちょうど喬済はやってきた。

ソファに座っている郡司を見た瞬間だけは驚きを見せた喬済だったが、それは本当に束《つか》の間だった。

郡司に対して接触テレパシーを使わせるため、雅を使うと棗は宣言している。疑っている相手を家に上げる理由は、それしかない。

当たり障りのない、マンションの住人としての会話。それぞれの学校や仕事の話。他愛《たわい》もない世間話。一見して和《なご》やかなリビングで話をしている者のうち、雅一人だけが腹に抱えるもののない状態だった。

「あ、おかわり煎れるね」

雅が立ち上がったとき、棗は雅のスリッパを故意に踏みつけた。

「うわわ……っ！」

あらかじめ棗がそのような配置で座らせておいたために、雅が倒れこんだのは狙《ねら》い違《たが》わず郡司の膝《ひざ》の上だ。そしてとっさに郡司が雅を受け止めたのも、十分に予測の範囲だった。

雅はソファの上で郡司に抱き止められていた。

「おいおい、大丈夫か？」

「は、はぁ……ごめんなさい」

「いや、雅ちゃん軽いから平気だけ……ど……」

雅の背にまわされていた郡司の腕を、喬済はぐっと握って離させた。あくまで嫉妬による行動なのだと、郡司に思わせるように。

慌《あわ》てたのは郡司だった。

「あ、いや……他意はない。他意は！」

そそくさと雅を起こしてやり、喬済が手を離してからも、郡司はかなり気にして、憮然《ぶぜん》とした喬済を見ていた。どこまでも都合がいいのは、郡司が喬済の恋愛事情を理解していることだ。おかげで、別の理由で喬済の表情が強張《こわば》っていても、変に勘繰られずにすんだ。

喬済は半ば愕然《がくぜん》としていた。けっしてそうは見えなくとも、本人は動揺していた。

「どしたの？」

ひょいと顔を覗《のぞ》きこむ雅の腕を、喬済は試しに摑《つか》んでみた。心を読もう、と意識した途端、堰《せき》を切ったように雅の感情が流れこむ。

なにも問題はない。喬済の力は、いつも通り働いている。

「なんでもない……」

手を離すと、雅はかなり喬済を気にしながらキッチンに入っていく。ちらちらと、何度も喬済を見るが、当の本人は再び考えこんでしまって、完全に視線をシャットアウトしてしまっていた。

（どうして読めなかったんだ……？）

実のところ、喬済はかなり動揺していた。


「ぎゃっ、気持ち悪いー！」

郡司が帰った後の佐々元家に、雅の悲鳴が響き渡った。

ぎょっとしてキッチンを覗きにいった喬済は、開け放った冷蔵庫の前にしゃがみこみ、頭から生卵を被っている雅の姿を見た。

「兄ちゃんなにやってんだよっ！」

「すまん。手が滑った」

謝ってはいるものの、棗が少しも悪いと思っていないのは明白だった。

故意にやったのだろうと喬済は判断した。

「もーっ！　シャワーを浴びてくるからここ綺麗《きれい》にしとけよなっ」

ぷりぷり怒って、雅はバスルームに消えていく。残されたのは笑っている棗と、唖然《あぜん》としている喬済だ。

「……いくら雅を遠ざけたかったからって、もうちょっとマシな方法はなかったんですか」

呆れる喬済の前で、棗は卵の殻を拾っている。ほとんどは雅の髪や服についたらしく、床にこぼれた中身はわずかだった。

言われた通りに床を綺麗にしてしまうと、リビングに戻って棗は切りだした。

「さっきの結果は？」

「それなんですけど……ちょっと確認させてください」

喬済はキッチンの中に入っていき、棗の腕に手の甲を当てる。なるべく他人と接触したくないという気持ちに変わりはないから、この触れ方が喬済にとって一番マシなのだった。

すぐに喬済は手を離し、大きな溜《た》め息をついた。

「特に俺の状態が悪いわけじゃないんですが、あの男の考えは読めなかったんです」

「やっぱり、そうか」

棗は驚きもせずに続けた。

「治療中に、暗示をかけてこちらに関わらないようにさせようと思ったんだが、まるで効かなかったんだ。ご丁寧に、診療台のアームの裏に盗聴器までくっつけてくれてたしな」

はっとして、喬済は自分の周囲を見まわした。感情を読むことに、そして接触後は読めなかったことに気を取られ、そこまで気のまわらなかった自分に苛立《いらだ》ちを覚える。

「心配ない。こっちは大丈夫だ」

まるで喬済の肩から強張りを落とすような口振りで棗は言った。

「……雅には、なんて言うんですか」

「勘繰られてることを下手《へた》に教えると、あいつは露骨にそういう態度に出るから、問題があるだろうな」

納得してしまう話だ。

隠しごとができないとか嘘がつけないと言えば聞こえはいいが、つまりは思っていることが全部顔や態度に出るバカ正直だ。もっとも、喬済は雅のそういうところが好きなのだが。

ぱたぱたとスリッパを鳴らして、雅が廊下を歩いてくる。そして通りすがりにちらりと冷蔵庫の前を見て、よし、と口の中で呟いた。

「まったくもー、やれやれだよ」

文句を言いながら雅が座ったのは喬済の隣だ。貞操の危機を感じて意識的に棗のそばを離れるのはいつものことだが、安全だと思っている喬済が実は一番危険だということに、雅はまるで気づいていない。キスまでされておきながら、あくまでそこに深い意味はないと信じているのだ。

「雅」

ひどく深刻な顔をして、棗はじっと雅を見つめた。

「な……なに？」

「郡司くんのことなんだが……」

棗と雅の間に位置しながらも、喬済は傍観者の気分で話を聞く。棗がどう話を持っていくかに興味があった。

「なるべく彼と二人にはならないほうがいい」

「なんで？」

「どうやら、雅に気があるらしいぞ。なぁ、喬済くん？」

いきなり話を振られて、喬済は目を剝いた。

「ど、どういうこと？」

雅は喬済の服を摑んで、問う視線をまっすぐに向ける。どういうことだと尋ねられても、そんなことは喬済にもわからなかった。

棗は勝手に話を進めた。

「さっき、喬済くんが腕を摑んだときにわかったんだそうだ。ずいぶんと下心があるらしい。つまりおまえを犯したいと思ってるわけだ。そうだろう？」

棗の真剣そうな顔が、喬済にはまるで笑っているように見えた。

「……そうです」

肯定する以外に道はなかった。

摑まれた腕から、困惑する雅の思考が伝わる。雅は郡司に最初に会ったときからいままでのことをひとつひとつ思い浮かべていた。

ぶつかったせいとはいえ抱きしめられて、次にはカップを持った手ごと取られ、グレープフルーツを渡すときにも手を握られた。

そう思って見てしまえば、そうとしか思えない光景だ。郡司本人の言うように他意などなくても、ただの隣人の主張などでは勝負にはならない。なにしろ、実の兄の棗と、信頼しきっている喬済が「下心あり」と断言したのだから。

瞬く間に、雅の中で郡司は要注意人物として確定した。

しかし急に、思考はくるりと方向を変えた。

雅はまじまじと喬済の顔を見つめて、それから棗のほうを見やった。

「……なんで、接触テレパスのこと、兄ちゃんが知ってんの？」

「ああ、それは、さっき喬済くんから聞いたんだ」

しれっと嘘を言いながら棗は頷く。

「そうなんだ……」

不満そうな呟きの理由は、直接、喬済の頭に伝わった。

雅は喬済が能力のことを自ら棗に打ち明けたと思っている。自分だけでなく、棗にも秘密を明かしたことが不満なのだ。

まさか初めから知っていた、などと言えはしないから、喬済は黙っているしかなかった。

「……あっ！　まさかいまの……っ」

ぱっと手を離して、雅はうろたえる。また無意識に喬済に触っていたことをいまさら自覚したのだ。

「わざとじゃないぞ。雅のはときどき勝手に流れてくるんだよ」

「でもずるいっ！　おればっか考えてること垂れ流し！」

ばしばしと喬済の肩を叩《たた》きながら雅は拗《す》ねる。そうやって触っているそばから、相変わらず思考は流れていた。

黙って見ていた棗が、やたらと冷静な言葉をかけたのはその直後だ。

「雅。言っておくが、おまえの考えてることなんか接触テレパスじゃなくてもよーくわかるぞ」

ぴくり、と雅が反応をする。

「それっておれが単純バカってことっ⁉」

「否定してやれないのが辛《つら》いところだな」

からかわれてムキになり、突っかかっていこうとする雅を、喬済は軽く抱え込みながら宥《なだ》めてやった。

た。

「雅ちゃん」

エントランスロビーで背後からポンッと肩を叩かれ、雅は大袈裟《おおげさ》なくらいにすくみ上がった。

あまりの過剰反応に、叩いた郡司の手がそのまま止まってしまったほどだった。

そろりと振り返り、雅は引きつった笑みを浮かべる。

「あ……こ、こんにちは」

「どうかしたのか……？」

怪訝《けげん》そうな顔も仕方ないほど、雅の態度は不自然だった。

裏に対して身の危険を感じていたとはいっても、心のどこかで「兄弟だし」という思いはあったのだ。だから抱きつかれても、危ないことを言われても、本気の可能性より冗談の可能性を信じた。

しかし、相手が郡司だとそうもいかない。

雅の認識において、郡司は完璧《かんぺき》に自分を性的対象として見ている男だ。そうなると、笑顔には裏があるような気がしてくるし、触れる手にも下心があるように思えてきてしまう。

「学校でなにかあったの？」

問いかけに、雅は勢いよくかぶりを振る。

「おっと」

あまりの勢いにくらくらして身体《からだ》がふらつき、郡司の手が支えようとしたが、それが雅の身体に触れるやいなや、またもや過剰反応が起きた。

びくっと大きく震えて、雅は身を引いた。

さすがに郡司も気づいたようだった。

「あのさ……もしかして、変な誤解してないか？」

「誤解って……」

「下心あるとか思ってない？」

「そ、そんなことっ」

いくら否定したところで、雅の態度は正確に答えを表していた。

がらんとしたロビーに、郡司の溜め息が響いた。

「それ、誤解だから」

しかしながら、郡司の弁明を雅が信じることはなかった。郡司への信用度など、棗と喬済のそれには到底太刀打ちできないのだ。

だから郡司がフォローすればするほど、雅は怪しいと思ってしまう。

「雅ちゃん、そうやって神経過敏になるのはよくないぞ。雅ちゃんが男にしとくのもったいないくらい可愛《かわい》いのは確かだし、絡まれたりとか、嫌な思いはしたんだろうけどさ、だからって男が全部、君に欲情するわけじゃないんだし」

「そんなこと知ってる。けど、全部じゃなくたってやだよ！」

雅はかなりムッとして叫んだ。

「あ、そうなの？　へぇ、そうなんだ。なんだ、かわいそうになぁ……雅ちゃんに本気になった男は、かなり前途多難だな」

誰が、とは言わずに郡司はしみじみと呟く。彼は雅の逆鱗《げきりん》がどこにあるのかを知らないまま、ちくちくとそれを突いているようなものだった。

「俺はね、ほんとに安全だよ。そりゃ、雅ちゃんが女の子だったら……」

女の子だったら――。

「う、うるさいっ……！」

感情が勝手に外へ向かう。瞬間、雅は力を放出してしまったことを自覚した。

はっと息を呑《の》んで見つめた先には、すっぱりと切れた郡司のシャツ。袖口《そでぐち》が、刃物を当てたように切れてしまっていた。

雅の顔から血の気が引いた。

「あ……お、おれちょっと急ぐからっ！」

逃げることしか、もう頭にはなかった。

脱兎《だっと》の勢いで階段を駆け上がり、まっすぐに喬済の部屋に向かう。二階には確実に棗がいるのに、パニックを起こした雅が縋《すが》ったのは喬済だった。

「た、喬済さん……！　喬済さん！」

ドアを叩いても、応答はない。

ようやく雅は、喬済が不在という可能性を思いだした。

「雅ちゃん」

追いついた郡司に声をかけられて、雅はぎくりとする。自分の部屋に駆けこむべきだったと、いまさらのように雅は気づいた。

「話、聞かせてくれないか？　これ、どういうことかな……？」

肘《ひじ》まで切れたシャツを雅に見せて、郡司は反応を窺《うかが》う。

雅の顔は真っ青で、言葉よりも雄弁に、切れたシャツと雅との因果関係を語ってしまっていた。

「以前、君に絡んだっていう学生たちから話を聞いたんだ。ガラスが割れたり、植木鉢が壊れたりしたんだって？　シャツがこんなに簡単に裂けるくらいなら、そういうことができても不思議じゃないよね？」

「し……知らない……」

「嘘だな。同じようなことはまだあった。この間運びだしてたソファだって、あんなにズタズタになるなんて変だ。そうだろ？」

雅はかぶりを振り、激しく否定した。

「知らないっ、おれは知らないっ！」

「雅ちゃん、落ち着いて。別に俺は、君をいじめたいわけじゃないんだよ。ただ、本当にそうなら……」

「雅っ！」

喬済の声が聞こえた途端、雅は反射的に走りだしていた。血相を変えて階段を駆け上ってきた喬済の元へ、まるで殺されそうな人のように夢中で駆け寄る。

パニックを起こしている雅をしっかりとかき抱き、喬済は事情をすべて読み取った。

郡司を睨《にら》むのは、ミスを犯した自責の念と、それから郡司に対する敵愾心《てきがいしん》ゆえだ。

それでも、あくまで喬済は、雅に片想いをしている、ただの隣人を演じ続ける。

「雅になにしたんだよ」

「なにって、別に……ああ、森くんか？　雅ちゃんに変なこと吹きこんだの。言ったろ、疚しい気持ちはないってさ。ちゃんと誤解は解いといてくれよ」

「だったら、なんで雅はこんな怯《おび》えてるんだよ」

「それは……」

説明をしようとして、郡司は舌打ちをする。彼の認識では、喬済は雅の特殊能力に気づいていないことになっている。だから説明はできないということだった。

溜め息をつき、郡司は役者のように肩を竦《すく》めた。

「落ち着いたら雅ちゃんに聞いてくれ」

これ以上は無駄だと判断したのか、郡司はあっさり引き下がり、部屋に戻っていった。

ひとまず、喬済は雅を連れて三〇一号室に入った。

ベッドの端に腰かけ、雅は大きく息をつく。

「落ち着いた？」

「うん、ごめん。なんか頭、パニクっちゃって……。喬済さんが来てくれなかったら、おれ、郡司さん病院送りにしてたかも……。えーと、なにがどうなったかは、さっき読んだ？」

話をしている間にも、雅はどんどん冷静さを取り戻していく。引きつっていた表情も、いつもの雅に近くなっていた。

「だいたいわかったけど、雅の頭の中、ごちゃごちゃになってたからな」

喬済は隣に座り、もう一度雅に触れた。

「もう、大丈夫みたいだな」

「でもすごいヤバイ。もっかい郡司さんと会って、話さなくちゃ。ちゃんと話せば、黙っててくれるかもしれないし」

焦って部屋を出ていこうとする雅を、喬済はやんわりと押し止《とど》め、小さな子供に言い聞かせるように言った。

「棗さんに教えるのが先決だ。雅が行ったところで、余計にボロ出すだけだろ。別に証拠があるわけじゃないから、すぐには記事になんかできないんだし、棗さんに話しあってもらったほうがいい。おまえより上手《うま》くいくと思うよ」

「そりゃ……そうだけど……」

雅はうつむいて、不満な気持ちを口調と表情に乗せる。そうやっていつも棗にフォローしてもらっているのが雅はもどかしかった。いまの雅の年には、もう棗は幼稚園児の弟の世話を、病気がちの母親の代わりにしていたわけで、父親にすら経済面以外の負担をかけずにいたはずだった。

一まわりも離れているせいか棗は雅にひどく甘い。早くに亡くなった母親にあまり長く愛情をもらえなかった雅を不憫《ふびん》に思い、補って余りある愛情を注いだのだ。「わがままに育たなくてよかった」と棗は笑うが、雅は笑えなかった。

「おれ、だめなんだ。いざってとき、頭真っ白になっちゃって、全然まわらなくなる。兄ちゃんがいないと、なにもできないって、父さんもよく心配してた」

「できるじゃないか。そういう、いざってとき以外は俺よりずっといろいろできる」

「喬済さんは無頓着《むとんちゃく》なだけだよ」

雅は溜め息をついて、なんとか人の住む部屋らしく格好のついた三〇一号室を見まわした。買った家具もすべて届き、雅も整理を手伝ったおかげで、殺風景ながらもそれなりに人が住む部屋らしくはなっている。

喬済は少し黙って、それからおもむろに言った。

「でも今回は、棗さんに任せたほうがいい。あいつ、ルポライターだろ？　雅には言わなかったけど、この間、雅が絡まれたときのことを俺にいろいろ訊いてきたんだ。それに、あいつの部屋は超常現象の本だらけだ。タイミングからして、最初から雅を狙ってたって考えたほうがいい」

「そうだよね。うん、とにかく帰る。悪いけど喬済さんも来てよ」

雅が喬済の手を引っ張るのは、また郡司が待ちかまえてでもいたら困るからだった。いまのところは冷静だから感情を乱して力を発してしまうことはないだろうが、顔を見たら動揺してしまうことは否定できない。

自分が心情を隠しきれるタイプでないことを、雅はしっかり自覚していた。

三階の喬済の部屋から二階の佐々元家に戻る間、雅は滑稽《こっけい》なほど緊張してしまった。棗は仕事中だったから、ひとまず話があると合図だけしておいて、リビングで待つことにした。

喬済はしばらくしゃべらずに考えごとをしていたが、やがてふっと顔を上げた。

「雅、あの部屋……家賃いくらだ？」

「は……？　って、三〇二号室？　おれはよく知らないけど……喬済さんとこの倍近いんじゃないかな」

「そうか……」

呟いたきり、また喬済は押し黙る。

なにかありそうな気配に、雅はうずうずして身を乗りだした。

「喬済さん、一人で納得してんのってずるいっ」

「納得してるわけじゃないさ。逆だよ」

難しい顔をしながら、喬済は続けた。

「一度、あいつの部屋に入ったんだけど、俺が見た限りじゃ、なんていうか……バランスが悪いんだ。ま、部屋に金かけて、持ちものにはかけないっていう主義だと言われればそれまでだし、ルポライターの収入なんて、どんなものかはわからないからなんともいえないけど……」

「あ、それはおれも思った。意外に金あるんだなーって」

最初に棗から郡司俊介の入居を聞かされたときに、雅はなんの気もなくそう感想を抱いたのだ。そのときはそれだけで終わったが、こうなってしまうと怪しいの一言に尽きる。

喬済は頷いて、推論を口にした。

「もしかしたら、スポンサーがいるのかもしれない」

「え、だとしたら見張ってないとヤバくないっ？　誰かに連絡とかされちゃったら……っ」

「最初から雅に当たりをつけて入りこんできたんだったら、いまさらだろ。あいつの目的は確認とか、証拠集めなんだろうし」

それに、と喬済は独白する。

どうせ暗示も効かない相手だ。連絡をするなら、部屋に戻ってすぐにしたはずだった。

喬済はそれからすぐに、立ち上がった。

「ど、どこ行くの」

「ちょっと部屋に戻ってる。用事を思いだした」

言うが早いか、喬済はもうリビングを出ていってしまった。雅がなにも言えないうちに、彼はぽつんと一人残されてしまったのだ。

慣れた自分の家のはずなのに、妙に心細かった。

「結構、マイペースなんだからな……」

嘆息して、それから雅はしばらくソファにじっとしていたが、やがて耐えきれなくなってテレビの前に行った。一人で待っているのはどうにも苦痛だったから、ビデオでも見ようかと思ったのだ。

テープを物色していた雅は、摑みだした一本を見て、「げっ」と変な声を上げた。

「ヤバ……忘れてた」

一週間レンタルで借りた洋画は、喬済が引っ越してくる前に借りたテープだ。

延滞料金はいくらだろうと、とっさに頭の中で計算したが、それもドアの音と足音によって忘れ去られた。

喬済だろうかと期待したのに、現れたのは棗で、雅はがっかりした。

「話ってなんだ？」

「あ、うん。それが、郡司さんの前でおれ、やっちゃったんだ。服、ばっさり切っちゃって、なんかもともと、おれのこと怪しんでたらしくてさ、そういうの興味もあるみたいで、それで、喬済さんが言うにはスポンサーがついてるんじゃないかって……っ」

要領を得ない雅の説明を、棗は問題なく理解していく。十六年のつきあいは伊達《だて》ではないということだ。

「郡司くんのところへ行ってくるから、雅は来るんじゃないぞ」

「わかった。あ、兄ちゃんがすぐに戻ってこないなら、レンタルビデオ屋行こうかなって、思ってるんだけどさ」

「だったら、森くんにつきあってもらえ。ついでに、声をかけておくよ」

「う、うん！」

ぱあっと顔を輝かせ、雅は大きく頷いた。郡司さえ部屋にいるならば一人で出かけても問題はないのだが、やはり喬済が一緒にいてくれたほうが安心だし、単純に嬉《うれ》しい。

棗の後ろ姿を見送ってしばらくすると、喬済が部屋を訪ねてくれた。喬済に限って支度に手間取るということはないだろうから、きっと棗と話をしていたのだろう。

「行こうか」

「うん。兄ちゃんは郡司さんとこ？」

「それがいないらしくて、反応がなしだってさ。俺の部屋でちょっと待ってみるって言うから、任せてきた」

「へぇ……」

雅は頷き、返すべきビデオを摑んで喬済と外へ出た。


「どうなったかなぁ……郡司さん、帰ってきたかな」

雅の呟きは、マンションを出てからこれでもう六回めだった。

「そんなに気になるなら、出かけなければよかっただろ」

呆れる喬済を、雅はちらっと見上げて、うーんと唸《うな》った。

「でも、待ってても落ち着かないし。いないなら、しょうがないし」

言いながらも、やはり意識は棗と郡司の話しあいが行われているのかどうかに向けられている。

マンションへと戻る雅がいつもより足早なのは、彼の気持ちそのものだった。

「郡司さんて、悪い人じゃないと思うんだ。そりゃ、おれのこと探ったりはしたみたいだけど、超常現象に興味あるんなら、首突っこんできても無理ないしさ。そりゃあさ、おれのこと変な目で見たりもしてるらしいけど……」

もごもごと、言いにくそうに雅は言葉を濁す。彼は相変わらず、郡司が下心を持っていると信じて疑っていないのだ。

そして真実を知っている喬済は、否定もしないで黙っていた。

「あ……あれ……？」

「なに？」

「いまの、郡司さんじゃないかな」

右手の角を見つめながら、雅は呟いた。だが、もうその場所に人の姿はなくなっている。

「目、悪いんじゃなかったのか」

「顔は見えないよ。でも、芥子《からし》色のパンツ穿《は》いてる人って、そんなにたくさんいないよね」

雅は今日の郡司の服装を記憶していた。シャツは切ってしまったから着替えただろうが、下は替える必要がないはずだった。

すでに雅は右の道へ進もうとしていた。郡司が部屋にいないのなら、棗は空振りをくらっているわけで、それなら急いで帰っても意味はない。絶対にあれは郡司だという自信があったから、後を追うのは雅にとって当たり前の選択だった。

喬済はあまり気が進まないといった態度だったが、雅を一人で行かせるわけにもいかないと、探偵ごっこにつきあった。

急ぎ足で角を曲がるが、郡司らしい姿は見当たらず、それから通りをさんざん捜しまわっても、結局、芥子色のパンツを穿いた男には出会えなかった。

「どっかの店に入っちゃったのかな」

「ほら、気がすんだなら帰るぞ。まったく、こんなところに来たのは初めてだよ」

歩きまわっているうちに、引っ越してきたばかりの喬済が知らない地域にまで来てしまったのだ。もちろん方向音痴ではない喬済は、わざわざ雅に案内されるまでもなく帰る方向もわかっていたが。

雅は何度も後ろを振り返り、やがて元の道に戻ったところにようやく諦《あきら》めた。

やがて、ふぅっと喬済が溜め息をついた。

「雅……」

「ん？」

「おまえが寄り道なんかするから、変なのがついてきたじゃないか」

なんのことかわからず、雅は怪訝そうな顔をした。さりげなく喬済に後ろを見るよう促《うなが》され、視線を流してみると、少し離れたところを柄の悪そうな若い男たちが歩いていた。年は大学生くらいだ。

目があった途端、彼らは言った。

「いいねぇ、彼氏とお手々つないでお買いもの？」

かなりムッとしながらも、雅は無視して前を向いた。

（誰が彼氏だよっ！　誰が手なんかつないでんだよっ……！）

なにか言い返せばここぞとばかりに絡んでくるから、雅は怒鳴りたいのをぐっと堪《こら》えて深呼吸する。

しかし相手はなおも背中に言葉を投げつけてきた。

「こっち向けよ、カノジョ」

「可愛いお顔見せてー」

ヒューヒューと冷やかしながら、二人組は後ろからついてくる。

雅はぐっと手を握りしめた。以前だったら、ここでもう爆発しているところだが、一緒に喬済がいるせいか、それとも多少は忍耐力がついたのか、いまのところ力は出ていない。

だが自然に歩調は速くなっていた。

「絡んでくる理由がないよな」

「え？」

「多分、わざとだ。雅を怒らせて、反応を引きだそうとしてるのかもしれない」

目に見える現象を、故意に引き起こそうとしている可能性は、十分に考えられた。後ろの二人が何者かは知らないが、用心するに越したことはない。

「ガマンしろよ。相手にするな」

「わかってるよ」

頷く雅を、喬済は心配そうに見ている。こんなところで力を使おうものなら、フォローが難しい。それは雅も十二分に承知していた。

後ろの二人組はやたらとしつこくて、いつまで経っても諦める素振りを見せない。そして品のない冷やかしの言葉もとぎれることはなかった。

「そんなに急いで帰ってどーすんのー？」

「まだ明るいのに、もうヤっちまうわけー？」

どんどんエスカレートしていく冷やかしに、雅は固めた拳《こぶし》を震わせる。完全に、彼らの言葉は、雅と喬済が恋人同士と前提してのものだ。やがて聞くに耐えないようなことまで飛びだしてくると、雅の限界もみるみる近くなる。

「聞くなよ」

「でも……っ」

喬済はいまにも爆発しそうな雅の耳を両手で塞《ふさ》ぎ、そのままエントランスをくぐった。

ちらりと見た限り、喬済の部屋からは明かりが漏れていたから、棗はまだいると考えていいだろう。

まさか入ってまでは来ないだろうと、それは喬済でさえ思っていたのに、男二人は平然とマンションに入ってきた。

「なんだよ、警察呼ぶぞ！」

とうとう振り返って、雅は怒鳴った。

「雅、行くぞ」

「だって……っ」

喬済は雅を先へやり、自分は後から階段を上っていく。そうして二階へ着こうかというところに、後ろを気にした雅の視界に入ったのは、黒っぽい装置をこちらに向けている一人の男の姿だった。

「なにして……」

雅がそれの正体を知る前に、彼はスイッチを押していた。

バチッ！　と、なにかがスパークするような音がした。

「っ……！」

がくんと喬済の膝が折れる。

「喬済さんっ……！」

雅の目の前で喬済は倒れ、蹲《うずくま》った。それが、後ろの男たちの怪しげな装置のせいであることは、すぐに知れた。

雅は喬済に駆け寄り、肩を揺さぶる。

動揺よりも、喬済の身を案じる気持ちのほうが勝っていた。

「すっげー、ほんとに効いたぜ」

ヒューと口笛を鳴らし、彼らはまじまじと喬済を見ている。

階段を使用する者はほとんどいないのだ。診療所が休みとなればなおさらだった。部屋に棗がいたとしても、叫んだくらいで聞こえる構造ではなかった。

「喬済さんになにしたんだよっ！　それなんだよ！」

なにが起こったのか理解できなくて、そして急に倒れた喬済にショックを受けてしまって、怒りという感情は湧《わ》き上がってはこない。

「スタンガン、知らねーの？　これさ、なんと射程距離が四、五メートルもある優れモノ。ま、離れてっと最高出力では使えないんだけど、すごいのがあるもんだよなぁ？」

口の端を持ち上げて、一人の男は雅の腕を摑む。その腕を、雅は激しく振り払った。

「やだっ！」

「う……」

感電のショックを引き摺《ず》りながら、喬済は手をついて身体を起こしかける。

「喬済さんっ！　大丈夫っ!?」

「なんだ、やっぱ威力弱すぎたな」

言いながら、雅よりもずっと身体の大きな男は、小柄な雅を喬済から無理やり引き剝《は》がし、もう一人にスタンガンのスイッチを入れるよう目で合図を送る。

「やめろよ！」

「そいつ、じゃまなんだよな。今度はマックスでやってみな」

「な……」

雅はさっと青褪《あおざ》める。スタンガンなんて話でしか聞いたことがないから、それがどのくらいの電圧を使うものなのか、まるでわからない。だが、マックスにしたその威力が、先ほどよりも強力であることだけはわかっている。

「あーあー泣きそうな顔しちゃって、可愛いよな。そんなに彼氏のことが心配？　大丈夫、大丈夫。死にゃしねーよ」

くすくす笑いながら、男は太い腕を雅の身体に絡みつかせる。

嫌悪感よりも、雅はスタンガンのスイッチを押されてしまう恐怖のほうが強かった。死に至ることのない護身用とはいえ、連続使用についての安全性がどうなっているのかは定かでないし、最高出力がいったいどの程度、人間の身体に影響を与えるのかも知らない。

喬済は壁にもたれながら、まっすぐに男を睨みつけていた。

そんな鋭い目をした喬済を、雅は初めて見た。普段から穏やかとは言い難い喬済だが、触れれば切れるのではないかと思うようなこんな鋭さがあるなんて、想像もしていなかった。

雅の肩にも、もうひとつのスタンガンを当てて、男は顎をしゃくる。

「とりあえず、男前の彼氏さんには部屋の鍵でも渡してもらおうかな」

喬済の部屋に雅を連れこもうという腹なのだ。

部屋にはまだ棗がいる。たとえここで喬済が動けなくなったとしても、暗示の使える棗ならば、最悪のことにはならない。

喬済はポケットから出した鍵を、雅たちの足元に放った。

「OK。それから頭の後ろで手を組んでもらおうかな。そうそう、動くなよ。こっちの子は身体小さい分、よく効いちまうんだからさ」

「……雅……落ち着けよ」

感情を乱し、雅が力を暴走させてしまわないように、喬済は頭の後ろで手を組んだ格好のまま、もう一度釘《くぎ》を刺す。

カタカタと、少し前から階段のガラス窓が鳴っているのは、雅の感情がひどく乱れているからなのだ。

喬済が落ち着けと言った途端、ひとまず音は収まった。

「これ、続けてやっていーんだっけ？」

横に立っている男が、スタンガンと喬済を交互に見ながら、ひどく軽い口調で尋ねた。

「知らねーよ。かまわねーから押せって。ゆっくりこの子で遊びたいじゃん。俺なんかもう超やる気。男は癖になるっていうけど、だとしたらツイてるな」

暴れる雅を難なく押さえて身体を撫《な》でまわし、ごつごつした手は雅の顎を掴むようにして、もう一人に顔を見せつける。

「……なるほど。美味そう」

「だろ？」

「動くと、あっちのスイッチを先に入れるぜ」

スタンガンの先端が、喬済の首に押し当てられた。

「おいおい。首に二十万ボルト当てるかぁ？　それ、革ジャンの上からだって効いちまう強さだぜ？」

「楽しそうに言うなよ」

単純な脅しだ。言っていることは事実だが、必要もないことを言いあう理由は、平然としている喬済の顔色を変えさせたいからだ。

しかし端整な喬済の顔は、浮かべた表情を変化させることなく、静かに目を閉じた。

もちろんそこには棗に対する信頼があったからだが、雅は、そんなことを知らなかったし、知っていたとしても、とても落ち着いてなどいられなかっただろう。

「用がすんだら、スタンガンはこいつにプレゼントしちまおうか。チカン防止にバッチリだもんな。ほら、早いとこやれよ」

脅しに感情を動かしたのは雅のほうだった。

親指がスイッチを押そうとするのが見えた瞬間、雅の頭は感情に支配された。階段の下のほうに人影があることなど、視界には入っていても認識が追いつかなかった。

「やめろーっ！」

雅の叫びと同時に、二人の男の手の中のスタンガンが、アルミの空き缶のようにグチャリと潰《つぶ》れた。

「な……っ」

スクラップを茫然《ぼうぜん》と見つめる二人のうち、喬済は自分に近い男の腹に、突くように拳を叩きこんだ。彼の身体が普段通りに動かないのは、最初のスタンガンのショックで、まだ不自然に暴れている心臓のせいだ。

ずるり、と力を失った男の身体は階段に崩れ伏す。

「雅！」

ガラス窓がフレームごと砕けて、バラバラと階段に散らばった。床が雅たちや喬済の周囲から次々と剝がれていき、気泡のように上がっていく。

雅は完全に我を失《な》くしているのだ。

「落ち着けっ！　雅っ……！」

喬済の声も、今度は雅の耳に届かなかった。雅の頭にあるのは、いわれのない暴力をふるう男への怒りと、喬済を傷つけられることへの恐怖だ。

「な、なんだ……っ？」

動揺が、雅の腕を掴む手に、ぐっと力をこめさせる。それが雅の怒りという意識を、ただ一人の男にのみ向けさせることになった。

雅はゆっくりと、半ば正気を失くした目で男を見据えた。

大切な人を痛めつけ、苦しめるやつなんて、許せない。いや、許さない。

「よせ！」

喬済が男から雅を奪うようにして腕に抱えこんだのは、雅の感情がブレーキから足を離した瞬間だった。

爆発のように、途方もない力が自分の中から外へ向けて弾けていくのを、漠然と感じた。

「みや……び……」

耳に直接触れるような声と、抱きしめてくる腕の強さに、雅は我に返った。

感情の暴走が止まるのがわかった。

なにかが痛いほど手に当たる。バラバラと降ったそれがやむと、あたりは嘘のように静かになった。

手に当たったものが、天井まで上がっていた床材の一部なのだと気がつくのに、少し時間がかかった。それからようやく思考はまわり始め、雅は自分が喬済に抱きしめられたまま座り込んでいたことを知る。

「喬済さん……？」

応答はなかった。代わりに喬済の腕がずるりと雅の背中から落ちていった。

雅の首にかかるはずの喬済の息は沈黙を守り、あわせられた胸に直接響くはずの心臓の鼓動は静かだった。目の前にある喬済の肩も、腕も背中も傷だらけで、ぼろぼろになったシャツはあちこちに赤い染みがある。

動かない。喬済のすべてが、止まってしまっている。

「た、か……ずみ……」

息をしていない。心臓が動いていない。

死んでしまう。永遠に喬済を失ってしまう。

ぎゅっと喬済を抱きしめて、雅は声にならない悲鳴を上げる。

耳が騒ぎを聞きつけて現れたが、視界になんて入っていなかった。ただ、止まってしまった喬済の鼓動が、再び刻まれることだけを雅は願う。

(動け、ちゃんと動け……！　止まっちゃやだめだ！)

このまま冷たくなってしまうなんて、絶対に嫌だ。そんなことがあってはならない。

もう一度、名前を呼んでほしい。優しい目で見つめてほしい。ぎゅっと抱きしめて、そばにいてほしい——。

身体の中から出ていったように感じたものは、いままでとは違う柔らかな熱のようなもの

だった。

雅は、はっと息を呑んだ。

「喬済さ……」

とくん、と胸に響いてきたと感じたものが、果たして本当に喬済の鼓動なのか、それとも都合のいい錯覚なのか、雅には判断できない。

雅はきつく喬済を抱きしめ、鼓動を感じようと必死になった。

「しっかりしろ、雅」

軽く頰《ほお》を叩かれ、焦点があっていなかった瞳はようやく兄の姿を捉《とら》えた。

「あ……」

そのとき、首筋にかかる呼気に、雅が気づく。

錯覚なんかではない。喬済は再び呼吸しているし、あわさった胸からも、きちんと鼓動が伝わってくる。

「い、医者……救急車、呼んで……！」

「雅」

棗は雅の手を摑んだ。

「いま、喬済くんの部屋は電話が繋がったままになっているから、そのまま、その人に彼がケガをしたと言いなさい。救急車はいらない。わかったな？」

「うん……」

雅はすんなり頷いて、そっと喬済を横たえると、階段を上っていった。

棗がただ指示を与えただけなら、救急車を呼ぶな、などという言葉を雅は聞き入れたりはしなかっただろう。雅がすんなりと受け入れたのは、棗の暗示のせいだった。


「さて」

棗は雅がいなくなると、隅のほうで座りこんでいる男に近づいていく。彼はまさに茫然自失の態《てい》だった。

その目の前でひとつだけ指を鳴らし、それからもう一人を叩き起こして、棗は目の高さをあわせた。

「誰かに頼まれたのか?」

「はい……」

ゆっくりと静かに問いかけると、視線をあわせているほうの男は大きく頷いた。もう一人は、金縛りにあったように動かない。

「誰に?」

「知らないやつ……サラリーマンみたいな親父だった。金と、スタンガン渡されて……とにかくあの子を怒らせろって言われて。ケガさせなきゃなにしてもいいって言って……」

サラリーマンみたいな親父、という外見的特徴からすると、郡司ではないだろう。彼が無関係だという証明にはなるまいし、スーツでも着ていれば会社員に見えないこともないだろうが、少なくとも二十歳そこその連中から親父と言われるほど、郡司は老けていない。

「他になにか、言われたか？　気づいたことは？」

男はかぶりを振った。もう一人にも同じことを尋ねたが、そちらも同様の答えだった。

暗示をかけた状態だから、彼らは嘘がつけない。なにも知らないのならば、これ以上は尋ねても無駄だった。

棗はふっと息をついた。

「ご苦労さん。ついでに、この騒ぎも引き受けてもらおうか。いいか、ガラスを割ったのも、潰れたスタンガンもこの床も、おまえたちの仕業だ。そうだろう？」

「はい」

「他にはなにも見ていない。おまえたちが雅と喬済くんを襲って、ケガをさせただけの話だ。もともとは恐喝目的だった、と説明するんだ。警察にも誰にも依頼のことは口にするな。そのサラリーマン風の男がもう一度来たら、変わったことはなにもなかったと言え。わかったら、この場から走って逃げろ」

「はい」

素直に頷いて、彼らは立ち上がるや階段を駆け下りて姿を消した。不自然なその様子は道ゆく人の記憶に残るだろう。これで警察に電話を入れれば、住人にも階段の惨状はなんとか説明がつくはずだ。

「……鮮やかな……もんですね……」

ふいに声が聞こえて、棗は横たわったままの喬済を見やった。

「気がついてたのか」

喬済はいくらか顔色が悪かったが、ひどく苦しげな様子は見せなかった。もちろん、傷だらけの身体が痛みを訴えないはずはないが、それを表に出すほどの男ではない。

「見かけより、頑丈なんですよ……〈委員会〉は人使いが荒いんで……」

「造反してみたらどうだ？」

笑みを含んだ棗の言葉に、喬済は苦笑を漏らした。

「……考えておきます……」

らしくない軽口は、喬済の本音の一部だった。

佐々元家の客間に寝かされている喬済の手当てを終え、私服姿の医者がその旨を伝えに出てくると、棗はもう一人の訪問者を伴って客間に向かった。

壮年の穏やかそうな紳士は、喬済の横たわるベッドの脇《わき》に立ち、容貌《ようぼう》を裏切らない口調で話しかける。

「どうかな」

「ケガが？　それとも雅が？」

「知りたいのは後者だが、別にケガの具合を訴えてくれてもかまわんよ。聞いてやるくらいの思いやりはあるつもりだ」

柔らかいが冷たい言葉は、紳士が見かけ通りの人物でないことを表していた。

喬済は驚くことも、まして傷つくことも怒ることもなく、おもむろに口を開いた。

「雅が、いまの生活を続けることに問題があるとは思えない。今回のことは、俺が状況を読み取れなかったせいで起こったことだ」

「それは客観的な判断か？」

十分に含みを持たせて、紳士は尋ねた。口には出さずとも、喬済が雅に対して心を傾けているのを承知している態度だった。

「主観で不都合なら、俺が今後は責任を持つさ」

「その話は、いまの件が片づいてから話しあおう。厄介なのが動いているようだ。こちらの希望としては、しばらく雅くんを安全なところに隔離したいんだが……」

紳士は視線を喬済から棗に向けた。

「謹んでご辞退申し上げます」

棗の態度は特別に謙虚というわけでもなく、かといって刺々《とげとげ》しいわけでもなく、まるで普段通りだ。ただ、けっして相手に対して好意的でないのは瞳の表情に表れていた。

「相変わらずか」

「雅を籠《かご》に入れる気はありません。それから、あなた方に関わる気もない、と改めて言わせてもらいます。父の意向はそのまま生きていると考えてください」

「なるほど、『意味のないコミュニティー』というやつか。まぁ、なにごともなければ、そういえるかもしれんな。だが現にこうして、特種能力者に興味を持つ相手が現れたときには、それなりに役に立つとは自負しているんだが……。まぁいい。縛りつけるやり方はこちらの主義に反するのでね。ただ、今回の件に関しては無理にでも協力を受け入れてもらおう。喬済は好きに使うといい。テレパスとして以外にも役に立つはずだ」

紳士の目が笑みを形づくるようにして喬済を見る。反して喬済は、ひどく冷めた視線を返すだけだった。

「先ほど電話で少し雅くんと話したが……」

ぴくり、と喬済が表情をかすかに動かすのが楽しくて仕方ないといったように、紳士は口の端を上げてみせる。

「なにを話したんだよ」

「無駄話をしていられる状態ではなかったから、必要最低限のやりとりだ。それにしても、おまえのガードの中に入りこむとは大した子だな。まぁ、人並みの感情を持つのはいいことだ」

くっ、と笑って、紳士は医者と一緒に部屋を出ていく。

棗が彼らを送りだし、玄関のドアを閉めると、雅が自室のドアからそっと顔を覗かせた。ずっと閉じ籠《こも》りきりで、来客どころか、喬済が客間に寝かされてからは棗とも会おうとしない状態だったのだ。

「お医者さん、帰った？」

「ああ」

「喬済さんどう？　大丈夫？」

ひどく心配する雅に、棗は笑みを向けた。

「心配なら、自分で確かめてこい」

すぐにでも駆けつけるはずの雅は、しかしながらうつむいて言った。

「あわす顔ないよ。だっておれ、喬済さんの心臓止めちゃったんだ……。そりゃ、また動いてはくれたけど、もうちょっとで殺しちゃうとこだったんだよ。それに、あんな傷だらけにしちゃったし……」

うなだれたまま、雅は大きな溜め息をつく。感情のままに放った爆発的な力が、初めて人間を傷つけてしまったこと——ましてそれが気持ちを寄せている相手だったことは、雅にとって大きな衝撃だった。

棗はそんな雅に、一番知りたいことを言った。

「ケガは裂傷と打撲で、骨折もしてないし、縫うほどのひどい傷はなかったらしい。もちろん内臓も無事だ」

「よかった……」

気がつけば、雅はその場にしゃがみこんでいた。これでもずっと気を張っていたのだ。軽傷ですんだことは、せめてもの救いだった。医者が診《み》て大丈夫だというならば、本当に大丈夫なのだろう。

雅はしゃがみこんだまま、棗を見上げた。

「さっきの人たちって、二人ともお医者さん？　一人はおれが電話で話した人だよね？」

仮にも一度は心臓が止まってしまったのだから、傷の手当てをする医者の他に、心臓専門医が来ても不思議ではない。一人はスーツ姿で、一人はもう少し砕けた格好で、どちらも白衣姿ではなかったから、服装の違いによる違和感もなかった。

ところが棗はあっさりと言った。

「スーツのほうは喬済くんの父親だ」

「え……ええっ！」

雅は思わずドアのほうを見てしまった。とっくに帰ってしまっているのに、まるでその残像を追うかのような行動だった。

「森敏成《としなり》という人なんだが……あまり喬済くんとは似てないな」

棗の言葉に、雅は視線を戻した。

「う、うん……似てなかった……」

雅は頷きながら、喬済が以前に親のことを『いないようなもの』と言っていたことを思いだした。

そして納得してしまう。森という人物は、電話で喬済のケガのことを――一度は心臓が止まったことも含めて話したときも、動揺した様子など微塵《みじん》もなく、すぐに医者がそちらへ行くから動かないように、と極めて淡々と言ったのだ。冷静だとか、感情を表に出さないようにしていた、とかではなくて、本当に事務的な冷めた反応だった。亡くなった父親と、とても仲がよかった雅には、考えられないような親子関係だ。

我知らず、溜め息が出ていた。

「喬済くんは、一晩うちで預かることになったよ」

「……そう」

棗はそれ以上、なにも言わなかった。会えとも、会うなとも。あくまで雅の意志に任せるということだった。

雅はゆっくりと立ち上がり、客間を気にしながらも、自室に戻ろうとした。

ふと、脳裏に「あのとき」のことが蘇ってきた。

「あ……」

足を止めた雅を、棗は怪訝そうに見つめた。

「どうした？」

「ヤバい……。兄ちゃん、おれ……すごくヤバいかも……」

「だから、どうしたんだ」

「さっき、階段でおれが爆発しちゃったとき……階段の下のほうに、人がいたような気がする。なんかそれ……郡司さん、っぽい気が……」

「なんだって？」

「そう……そうだよ。絶対、郡司さんだ。さっきはそれどころじゃなかったから、スルーしちゃったけど、手になにか持ってた気がする……！」

さーっと血の気が引いていく。その場では意識しなかったが、視覚や聴覚などで得たデータは、きちんと記憶に刻まれていたらしい。あのとき確かに、雅は捜していた芥子色のパンツを見たのだ。

「もしかしたら、ビデオまわしてたのかも……。兄ちゃん、どうしよう」

小さくなって呟いて、雅は救いを求めるような視線を棗に向けた。ただでさえ喬済のことで滅入《めい》っていたのに、さらに追い打ちをかけられる。

もちろん、すべては雅が引き起こしたことなのだが。

「どうしようと言われてもな……。いま、森さんがいろいろと調べてくれてるから、その結果待ちだな。おまえはとにかく外に出るな。家でおとなしく喬済くんの看病でもしていなさい」

「……」

雅はうつむいたまま、返事をせずに再び部屋に閉じ籠ってしまった。

無理に連れていくほどのことでもないから、棗は一人で喬済のところへ戻った。とりあえず、雅がいないならいないで、彼らは話さなくてはならないことがいくつかあった。

一人で現れた棗に、喬済は開口一番に言った。

「雅、どうですか」

「珍しく落ちこんでるな。聞いたか？　一度、心臓が止まったらしいぞ」

「そうらしいですね。すごい衝撃を受けたことは覚えてるんですけど、記憶はそこでぷっつりですから」

「ああ……」

「よかったですよ。死なずにすんで」

「さすがに死ぬのは嫌か」

特に揶揄するわけでもなく、当然のこととして棗は言った。だが喬済はわずかに首を横に振る。

「あそこで俺が死んでたら、雅が救われない」

あくまで雅のことを気にする喬済に、思わず棗は苦笑した。

「確かにな」

「思いつめてるんじゃないですか？　俺の意識がない間、精神的にかなりきつかったと思うんです。すぐにでも会って話したいところなんですけどね」

それについて、棗はなにも答えなかった。わざわざ言葉にしなくても、雅の気持ちや考えは、喬済も承知していると踏んだからだ。

まるで話題を変えるように、棗は唐突に言った。

「それにしても、よほどの強心臓ということかな。それとも運がいいか……。ま、どっちにしても、それくらいでないと、雅はやれないがな」

「とっくに、もらう気でいましたよ」

不敵に笑って見せた後、喬済は消し去るように笑みを消し、真顔になった。目を覚まし、状況を聞いてから、ずっと考えていたことがあった。

「多分……止まった心臓は、雅が動かしたんじゃないかと思うんです」

その意見に、棗はひどく意外そうな顔をした。

「あれにそんなことができるのか……」

「できても不思議じゃないですよ」

「だとしたら、雅が初めて自分の意思で使った力……ということになるな」

棗は意味ありげな顔をしながら視線を動かした。ちょうど、雅の部屋がある方向だった。

「コントロールさえできたらすごいことでしょうね。〈委員会〉にも、念動力を持つ者はほとんどいないんです。いても、雅とは比べものにならない程度の力です。安定さえすれば、あの人は雅を大歓迎すると思いますよ」

あの人、と喬済が言ったのは、彼の父親のことだ。突き放した言い方は、最初から棗の姿勢を知っているからこそだ。

「ごめんだな。人使いが荒いんだろう？　雅には関わらせたくない」

「同感ですね」

嘆息して、喬済は顔をしかめた。

喬済の顔や腕や肩にあった裂傷からは、すでに生々しさが姿を消していた。もちろん完治はしてしないが、少なくとも今日つくった傷には見えないほどには癒《い》えている。本来なら縫わなければならないほどの裂傷がいくつもあったのに、一針も縫わずにすんでいるのだ。

「しかしすごい勢いで治ってきてるな……さっきの医者は治癒能力者か」

棗は感心し、息を漏らした。

「完治は難しいですけどね。そこまでの能力者はなかなかいないですよ。おまけにこっちの身体に負担もかかるし」

自然に逆らって傷を治すためなのか、それとも単に能力者の力が中途半端なのか、喬済は現在、かなりの疲労感を味わっている。まるで傷を治すために、他にまわるべき力やエネルギーが奪われてしまっているようだ。おかげで喬済は、ベッドから起き上がることができないでいる。

動けるものなら、本当はいますぐにでも雅のところへ行きたいと思っているのに、身体は思うようにならない。かといって、雅に来いと言うのが酷だというのもわかっているつもりだった。

そんな喬済の気持ちを見透かしているのか、棗はことさら軽い口調で言った。

「本来なら、ケツをひっぱたいてでも連れてくるべきなんだろうが、あいにく自他共に認めるベタ甘の兄貴でな。傷心の弟には、腫《は》れものに触るようにしかできない。おまけに、この期に及んで他の男に奪《と》られたくないなんていう、往生際の悪さもあるわけだ」

笑いながらの冗談は、どこまで本気が含まれているのかわかりにくいものだった。喬済が触れれば本心も見えようが、そこまでする気のない彼には、棗の真意を読み取ることは難しかった。

「それはそうと……俺のパソコンは見ましたか」

出がけに喬済は、データに目を通しておいてくれと言っておいたのだ。棗が郡司を待つために部屋にいたというのは雅を納得させる表向きの理由で、本当はこちらが目的だった。

「ああ……大した情報はなかったな。……そうだ。雅が言うには、さっきの騒ぎを郡司が見てたらしいぞ。ビデオもまわしていたらしいが、気づいたか？」

「いえ……」

不覚だったと喬済は顔をしかめる。人の気配を悟れなかった自分の至らなさに腹が立った。あの状態だから仕方ないと人は言うかもしれないが、喬済と、そしてもう一人――彼の父親はそれでは納得しない。

喬済は子供のころから半ば強制的に武術を叩きこまれてきたし、接触テレパスとして〈委員会〉の能力者に数えられてからは、なにかある度に今回のように駆りだされていた。だからこの程度のケガでは、いまさら父親も驚かないのだ。それだけに、父親が見物人の存在を知ったらどう言うか、簡単に想像がついて喬済は不快だった。

「ま、早いほうがいいだろうから、俺から言っておこう。ついでに郡司の部屋も家捜しして、なにか残していってないか調べてみる」

「さすがに、もうのこの戻ってはこないでしょうね」

「と、思うがな」

棗は立ち上がり、部屋を出ていきかけたところで、喬済を振り返った。

「ああ、そうだ……もし雅に訊かれるようなことがあったら、うちの父が生前、君の父親とつきあいがあったという話にしておいてくれるか。それと、動けるようになったら、天の岩戸を叩いてみてくれ」

喬済の返事を聞く前に、棗はドアの向こうに消えてしまった。


ベッドに突っ伏して、何度も何度も溜め息をついて、雅はもうずいぶんと長くそうやって落ちこんでいた。

爪《つめ》の間に黒っぽく残っているのは、喬済の流した血だ。シャワーもちゃんと浴びたはずなのに、あのときの名残《なごり》は完全には落ちていない。まるで雅のしたことを責めているかのように思えて仕方なかった。

（よりによって、喬済さんをあんな目に遭わせちゃうなんてさ……）

静かな部屋に、やたらと大きく溜め息は響いた。

喬済の首に当てられたスタンガンにスイッチが入れられようとした瞬間から、雅には曖昧な記憶しかない。覚えているのは、自分の中に渦巻いた怒りと恐怖の感情だけだった。喬済を傷つけられるという恐怖。彼への暴力を止めさせたかったはずなのに、結局は雅が誰よりひどく彼を傷つけてしまった。

とてもとても大切に想っているのに——。

そう考えてから、雅は急にがばっと起き上がった。

「ちょ、ちょっと待って……」

いつから、喬済は雅の中でそんな重要な人間になったというのだろうか。

雅は最初に喬済に会ってからのことを、必死でひとつひとつ思いだしてみた。

一番初めの印象は『つまらなそうな顔をした大学生』で、それから接触嫌悪症だと知らされて、生活能力がないことがわかった。放《ほう》っておけなくてつい世話を焼いているうちに、喬済から接触嫌悪症は雅に限って治ったらしいと告げられた。

「そうだ、それでなんか嬉しくなって……」

呟きかけた雅だったが、最後まで言えずに言葉を呑みこんでしまう。

頭の中に、抱きしめられてキスされたときのことが鮮やかに浮かんできたからだった。

「あ……」

そして一気にわかってしまった。途中の経過はこの際、もうどうでもよくて、雅は弾きでた結論に愕然としていた。

キスされて嫌じゃなかった。一緒にいたくて、名前を呼んでほしくて、自分を見つめてほしくて……。

喬済にだけ、そう思う。

(……知らなかった……おれって、喬済さんのこと好き、なんだ……)

一度自覚してしまえば、自分の行動や、そのときどきの心情がいちいち納得できる。

接触嫌悪症の喬済が、雅は平気だと言ったときに嬉しかったのも、キスされて怒らなかったのも、スタンガンに痛めつけられる喬済にひどく感情が乱されたのも、すべてひとつの理由からだった。

雅は顔をくしゃくしゃに歪《ゆが》め、力なくうなだれた。

「最低……。好きな人……もう少しで殺しちゃうとこだったんだ……」

雅は打ちひしがれて、再び枕《まくら》に顔を埋める。同性を好きになったショックより、その人を死なせてしまいそうだったことのほうがショックだった。

自己嫌悪でどうにかなりそうだ。消えてしまいたいというのは、こんな気持ちをいうのだと思った。

どのくらい、そうしていただろうか。ノックの音が聞こえたかと思ったら、まもなくしてドアが開いた。返事がなかったのを心配して、そっと様子を窺うといった感じの静かなドアの開き方だった。

「雅……？」

囁《ささや》くような、控えめな喬済の声がして、雅は勢いよく顔を上げた。

「た、喬済さん……！」

てっきり棗だと思っていた雅は、驚愕《きょうがく》に大きく目を瞠《みは》り、唖然《あぜん》として喬済を見つめた。

喬済から来てくれるなんて、考えてもいないことだった。

「あ……だ、大丈夫⁉　もっと寝てなきゃ……っ」

「平気だよ。入ってもいいか？」

「う、うん……いいけど……」

ほうけた顔で返事をすると、喬済は部屋に入ってドアを閉めた。

喬済がベッドをまわりこみ、勉強机に収まっていた椅子《いす》を引きだして座るまで、雅は彼から目を離さなかった。

喬済がなにかを言いだす前に、雅は声を張り上げる。

「ごめん！」

喬済は面食らい、まじまじと雅の顔を見た。

「なんだよ、急に」

「だっておれ、喬済さんの心臓止めちゃったんだよ。もう聞いたよね？」

「ああ……そうらしいけど、ちゃんと生きてるし」

相変わらず頓着《とんちゃく》のなさそうな言い方をする喬済に、雅はぐっと身を乗りだした。

「もっと怒んなきゃダメだろ！　喬済さんはおれに殺されちゃうとこだったんだから！」

「そんなふうには思ってないよ。それに俺は、一度止まった心臓を動かしたのは雅だと思ってるんだ」

静かな喬済の言い分に、雅は虚《きょ》を衝《つ》かれた顔をした。それから言葉の意味を理解して、大慌てで首を横に振る。

「そんなことできるわけないっ……！」

「俺が呼吸してないってわかったとき、どう思った？」

優しい誘導尋問に、雅は心地好《よ》く引っかかっていく。喬済の言い方は相変わらず平淡で素っ気なく、少しも優しくはないのに、雅はひどく穏やかな気分になった。

「う……動いて……ほしいって……思った。止まっちゃ、だめだって……」

「だったら雅のしわざだよ」

穏やかに断定する喬済は、雅にそれ以上自身を責めることを許さなかった。助けたのは雅だと、決めつけている。

証拠もないのにと雅は思うが、あのときにそう強く願い、心の声に応じるように熱くなって、次の瞬間に再び喬済の鼓動を感じたのは確かだった。

あるいは、喬済の言うとおりなのかもしれない。喬済が言いきることを、否定する気にはならなかった。

端整な喬済の顔をよくよく見れば、まだ少し血の気がない。

じっと見つめ続け、間近で気配を強く感じながら、やっぱりこの人が好きみたいだと雅は再確認した。

無言で凝視する雅に、喬済はかすかに笑みを浮かべた。

「枕の跡、ついてる」

「え……？」

すっと伸ばされた指先が雅の額《ひたい》に触れようとしたとき、思わず雅は身体を後ろに引いてしまった。

とっさに、触れられたら自分のいまの気持ちを読まれてしまう、という考えが働いたからだった。

知られるのが嫌なのではない。読まれてしまうより先に、自分の口で伝えたかっただけだ。

「喬済さん！」

嚙《か》みつかんばかりの勢いで、雅は喬済を見据える。

「なに？」

「おれ、隠しごとできないし、どうせ黙っててもすぐバレちゃうだろうから、さっさと言っちゃうね。なんかおれ、喬済さんのこと好きみたいなんだ。さっき気がついた。あ、念のために言っとくけど、恋愛感情の好きだからね」

恥じらいもなく、照れもなく、雅はきっぱりと言う。それは告白というよりも、宣言といったほうが近いものがあった。

喬済は啞然として、しばらく黙って雅を見つめていたが、やがて大きく溜め息をついて、苦く笑った。

「先を越されたな……」

言おうと思ってきていたことだと、喬済は言外に告げる。

今度は雅が驚く番だった。あのときのキスはあくまで試しにしたものと、いまのいままで信じていたのだ。

「あ、あの……？」

「俺が言おうと思ってたのに」

「……え？」

「前にキス、したろ？　俺が試しで男にキスするようなやつに見えるか？」

「あ……」

ふるふると、雅はかぶりを振った。これが棗だったら、思いきり首を縦に振っているところだが。

「俺だって雅が好きなんだからな。雅はちっとも、俺を意識してくれなかったけど」

軽い恨みごとを笑ってごまかして、雅はそれから本当に笑った。想いが通じたことが嬉しくて、頬は勝手に緩んでしまう。

ゆっくりと、喬済の顔がキスを目的として近づく。

(やっぱ……かっこいいな……)

傷ひとつない、綺麗に整った顔立ちに見惚《みと》れそうになりながら、雅は半分くらい瞼《まぶた》を閉じかけていた。

しかし——。

「あーっ！」

突然、雅は叫んで喬済の顔を両手で挟むと、穴が開くのではないかと思うほどじっと顔を見つめた。

ものの見事にタイミングを外され、ついでに雰囲気も壊されて、喬済は啞然としていた。

その顔を見つめながら雅は呟いた。

「なんで……？」

それは落ちこみとか、自責の念とか、あるいは喬済への気持ちの自覚だとかいったことを、雅の頭から追いだしてしまうほどの驚きだった。

「なんで傷がないの……!?　だって、さっきはあんなに……っ」

あるはずの傷が、なかった。

そんなはずはない、と、雅はさらに顔を寄せた。何時間か前、喬済はこめかみから相当な出血をしていたし、頬や顎にも細かい傷がいくつもあったはずだ。なのに、こめかみの傷は縫ってもいないのに塞がっているし、頬や顎の傷は跡形もなくなっている。

はっとして雅は顔から手を離すと、今度は喬済の着ているパジャマの肩をぐいっと引っ張った。

シャツを真っ赤に染め、雅の服までも赤くした傷は、やはり塞がって新たな肉芽組織で覆われつつあった。

しばらく茫然とした後、再び雅は喬済を見つめた。

「……どういうこと……？　なにが起きてんの？」

「さっき来た、若いほう……本当は医者じゃないんだ。能力者で、完全じゃないけど治癒能力がある」

喬済に言われたことをしばらく考え、やがて雅はふうっと息を吐いた。

「そっか……治癒能力っていうのも、あるんだ……。いいな、人の役に立ってさ。おれなんか、ぶっ壊すばっかだもん」

「コントロールできるようになったら、雅の力はすごいよ。ようはPKってことだから、俺の力なんかよりずっと活用範囲が広い」

「……できないもん」

否定的な雅の頭をぽんと叩き、喬済は椅子からベッドサイドへと移動をした。より近いところから、彼は雅を抱き寄せる。

「できるよ。俺もあるとき急に、自分の意思でコントロールできるようになったんだ。最初は使えるようにじゃなくて、使ってしまわないようにすることからだったけど」

「……使わないように……」

「少しずつ、できるようになればいいんだ」

「う……うん」

頷いて、雅は両手をそっと喬済の背中にまわした。もし傷が痛んだら、と雅なりに気を遣った。

絶対に無理だと思っていたのに、もしかしたら……という気になってくる。自在に使いこなすことは難しいかもしれないが、使わないようにすることならば可能かもしれない、と。

「なんか、ほんとにできそうな気がしてきた……ひょっとして、喬済さんも暗示の能力があるんじゃない？」

冗談めかして言うと、喬済はふっと笑った。

「そんな意見は初めて聞いたな」

「あ、じゃあさ、きっとおれだけに効くんだよ。だって接触嫌悪症だって、おれだけ大丈夫なわけだろ？　喬済さんには、おれ限定の能力がいっぱいあるんだ」

「そうかもな」

笑いながら、喬済は雅の顎を掬《すく》い上げる。

キスを予感して、雅は目を閉じた。最初にキスされたときは驚いてしまったが、今度はものを壊すようなことはないだろう。

唇が重なって、気持ちはいくらか波打ったけれども、それが能力を暴走させるような気配はまるでなかった。この感情は、もっと別のものだ。

少しだけしていた緊張をようやく解いて、雅は喬済のキスに気持ちをすべて預けた。

遠くでドアの閉まる音がして、雅《みやび》はふっと目を覚ました。眠りが浅かったせいもあるのだろうが、たとえ昼寝でもしっかりと眠る雅にしては珍しいことだった。

目を瞑《つむ》ってしばらくしても寝つかれないので、観念して雅は起き上がる。

ここ何日か、雅は一歩もマンションの外へ出ていない。玄関の外へ出たといえば、喬済《たかずみ》と一緒に三〇一号室に行き来したくらいのものだ。念のために、棗《なつめ》と喬済から外出禁止だと言われ、学校も休んでいるのだった。どうせすぐに五月の連休がくるからと、よくわからない理屈をつけられて。

しばらく我慢するように言われてはいるが、健康な十六歳が何日も外へ出られないというのはかなりの苦痛だ。

喬済がいればまだ気もまぎれるのだが、彼にも大学生としての生活があるから、帰ってくるまでの間は暇で暇で仕方ない。喬済が借りてきたビデオも昨晩のうちに観《み》てしまったし、この時間のテレビはこれといって面白いものもない。そして自習するほど雅は勉強熱心でもなかった。

ふらふらと、雅は自室を出た。

「兄ちゃん？」

リビングにも、棗の部屋にも、目指す姿はなかった。

そういえばさっきドアの音を聞いたなと、ようやく思いだした。棗は外へ出ていったということだ。

「……喬済《ご》さん、帰ってるかな」

独り言ちて、雅は玄関に向かった。二階から三階へエレベーターで移動するのは、階段が現在、補修工事中だからだ。

三〇一号室の前に立ってインターホンを押すが、応答はなかった。

がっかりして、雅が戻ろうと踵《きびす》を返したときだった。

「一度、戻ってくる。六時に〈委員会〉から連絡が入ることになってるんだ。なにか、伝えることはあるか?」

急に開いた三〇二号室のドアから、棗の声がこぼれてきた。

思わず足を止めて雅は振り返る。どうして棗が郡司《ぐんじ》の部屋にいたのかが、すぐには理解できなかった。独り言ではなく、誰かと話しているからには相手がいるのだろうが、雰囲気的に郡司とは考えられない。

中途半端にドアを開けたまま、棗は玄関のところで止まっているようだ。

「雅の学校のほうが手配できたかどうかだけ、お願いします」

答えたのは喬済の声だった。かなり遠かったから、彼が部屋の奥のほうにいるらしいことは知れた。

雅はすっかり混乱してしまっていた。二人の会話が理解できない。それにどうして二人で郡司の部屋にいるのだろう。〈委員会〉とは、なんだろう？

　やがてドアを閉めた棗は、雅が喬済の部屋の前に突っ立っているのを見つけると、珍しく動揺した様子を見せた。

　それが余計に、雅に不審を抱かせる。

「雅……」

「なにしてんの？　なんで、二人で郡司さんの部屋にいんの？　〈委員会〉とか、学校の手配って、いったいなんのこと……？」

　ストレートに疑問をぶつけると、棗はいつもの顔をしてつかつかと雅に近づいてきた。

　雅ははっと息を呑《の》んで身がまえた。

（絶対、暗示かける気だ！）

　雅は棗と目をあわせないように、視線をうつむき加減にした。

「なにか証拠でもあったら大変だから、二人で家捜しをしていたんだ。〈委員会〉というのは、歯科医師会のことだ。学校の手配というのは……」

「嘘だ！　絶対、嘘ついてる！」

　雅は棗の言葉を途中で遮った。まともに聞いてしまったら、気づかないうちに暗示をかけられて、疑問を抱かないようにされてしまう。絶対に聞くものか、という意思が強く働いていれば、言葉だけで刷りこまれることはないはずだ。

だから、棗の目は見ないようにした。

「ちゃんと説明しろよ！」

「しただろうが」

平然とした態度を崩さない棗に、雅はカチンときた。

「も、いいっ！　喬済さんに訊《き》く！」

棗の横を擦り抜けようとしたが、その肩を棗に摑《つか》まれ、足留めをくらわされた。

防音のしっかりとしたこのマンションは、少し離れれば、廊下でちょっとくらい大声を出そうが部屋には聞こえないのだ。ましていまは階段の工事の音がここまで響いてきている状態だから、喬済に声が届くこともなかった。

「こっちを見ろ」

「やだ！　暗示かける気なんだろ！　兄ちゃんのやり方はわかってるよ！　そうやって、おれにほんとのこと、なんにも言わないんだから！　よく考えたら変なことばっかだよ。おれたちだけならともかく、喬済さんとか、この間の医者とか、そんなにいっぱい能力者が集まるなんておかしいじゃないか！　喬済さんがここに引っ越してきたのだって、ほんとは偶然じゃないいんだろ！」

ふと、棗が表情を和《やわ》らげた。

「おまえにしては考えたな」

「ばっ、バカにすんなっ！」

がなり立てる雅に、棗は仕方ないといったような溜《た》め息をつく。それはまるで、駄々を捏《こ》ねる雅に手を焼いているかのような態度だから、ますます雅はムッとした。

「いつまでおれのこと子供だと思ってんだよ！」

「子供だろうが」

棗は雅の顔を手で強制的に自分のほうへ向けさせるが、雅は視線だけはあわせるものかと目を逸《そ》らしていた。

「それに、言わないほうがいい本当のことだって、あるんだぞ？」

「そんなの兄ちゃんの勝手な考えだよっ！」

雅は棗の手を振り払い、三〇二号室のドアを叩《たた》いた。喬済だったら、訊けばきちんと答えてくれる。そう思って喬済を呼ぼうと思ったのに、雅は棗の腕によってドアから引き剝《は》がされた。

「そうかな？　雅……たとえば、俺は本気でおまえをほしかったんだと聞いても……同じことが言えるか？」

はっとした雅の一瞬の隙《すき》を見逃さず、棗は雅と視線をあわせる。

しまったと思ったときには、もう雅は目を逸らせなくなってしまっていた。

頭の中は、なにをどう考えていいのかわからないくらいに混乱している。棗の言葉の意味と、見たこともないほど男を感じさせる兄の目と、その目から視線を外すことのできない怖さ。パニックに陥るには十分だった。

棗は苦笑して、ゆっくりと言った。

「いまの言葉は、どうしても思いだせない。これからは、俺に危機感を抱くこともない。いいな?」

すうっと、言葉が染みこんでくる。同時に暗示は完璧《かんぺき》にその効果を表し、雅はそうされたという事実から忘れていく。

「うん……」

「それから、〈委員会〉は……」

言葉半ばで、三〇二号室のドアが開いた。出てきた喬済は、雅たちを見た途端に怪訝《けげん》そうな顔をした。

棗の意識が、逸れた。おかげで新しい暗示が雅に届くことはなく、結局は最初の、棗の本心だけを塗りつぶすに終わってしまう。

雅は棗を振りきり、喬済のところへ走った。

「喬済さん! 〈委員会〉とか、学校の手配ってなに!? 喬済さん、ほんとはなんか理由があって引っ越してきたんだろ? 喬済さんは、ほんとのこと言ってくれるよね? 兄ちゃんは嘘ばっかつくから信用できないよ。いまだってあやうく暗示かけられるとこだったんだ。

そんなの卑怯《ひきょう》だよ！」

喬済の顔を間近で見上げ、雅は棗の暴挙を訴える。感情が高まってしまい、悔しさで雅は涙を瞳に溜めていた。

うるうるとした目で見つめると、喬済はひどく陥落しやすい。だがもちろん本人は意識しないでやっていた。

困ったような顔をして、喬済は棗を見やった。

「……と、言ってますが？」

しゃべっていいかと、言外に喬済は問う。

少し考えて、棗は答えた。

「任せた」

事実上の許可を出して、棗は階下に戻っていく。

そっけないほどのその態度に、ますます雅はムッとした。とても大事な話であるはずなのに、喬済に丸投げしてしまうなんて信じられない。それどころか雅に対するフォローひとつなかった。

エレベーターに乗り込んでこちらを見た棗を、雅は思いきり睨《にら》みつけた。

「嘘つき。無責任」

「はいはい」

軽くあしらう棗の態度に、雅は思わず叫んでしまう。

「家出してやる……！」

「そうか」

頷いた直後、エレベーターのドアは閉まった。


最初は、一握りの超能力者だったらしい、と喬済は語り始めた。

「どうしてなのかは、はっきりしてない。偶発的というよりは、なにか原因があるんだとは思うけど、その地域の人間だけに特種な能力が現れたんだ」

「全然わかってないんだ？」

「ああ。説もまちまち。中には異世界の人間じゃないかって、突飛なことを言ってる人もいるな」

喬済の言葉に雅は目を丸くする。感想はいろいろとあったけれども、ここであえて口は挟まずに無言で先を求めた。

「とにかく、子孫の数は正確に摑めないくらい多いんだ。雅と俺も、系図見ればどこかで繋《つな》がってるんだろうけど、きっと何百年も前だろうな。でもまだ〈委員会〉が把握してるだけ近いってことなんだ。世間でたまに超能力者だって騒がれるのがいるだろ。あの中に、把握できてない子孫がいるんだと思う。もちろん本人は、そんなこと知らないはずだけどな」

「知らなければ放《ほう》っとくの？」

「世間に知られてもパニックになるほどの力じゃないだろ？　だから、干渉しない」

確かにスプーンを曲げたり、カードを当てたり、予言をしたりする程度なら、大騒ぎにならずにすむ。これが雅のように、ものを壊したり浮かせてしまったりすると洒落《しゃれ》にならなくなるのだ。

「それで、その〈委員会〉って？」

「子孫のコミュニティーというか、互助会というか。ずいぶん前からあるみたいだ。全員に能力が出るわけじゃなくても、やっぱり確率は高いわけだろ？　だから、なにかあったときにフォローできるように……今回の場合は、雅がこのまま普通に暮らしていけるかどうか見極めるために、俺は派遣されたんだ」

「それ、兄ちゃんは知ってたんだ？」

質問に、喬済は頷《うなず》いた。

喬済が派遣されることは、あらかじめ棗に通達してあったことだ。拒否したところで引っこまないのは承知していたらしく、不承不承、受け入れたが、雅には秘密裏にというのが条件だった。

「別に〈委員会〉は束縛するためのものじゃないんだけど、干渉はするからな。雅の親父さんなんかは、あんまり存在意義を認めてなかったみたいだ」

「そうなの？」

目を丸くしっ放しの雅に、喬済は表情を和らげる。

「親父がときどき言ってる。雅の親父さんに『意味のないコミュニティーだ』って、すっぱり切り捨てられたらしいからな。だから余計に、佐々元兄弟に対しては慎重なんだと思う。意地でも束縛はしないで、かつ意味のあるところを示してやろうってね。結構、拘《こだわ》ってるらしいな」

「ふーん……でも、おれに隠す必要なんてないよね。喬済さんにまで隠しごとさせて、なんなんだよ」

言われて受け止められないほど子供じゃないぞ、と雅はまた憤りを復活させる。

ぶつぶつ言う雅は、それから根掘り葉掘り、いろいろなことを喬済に尋ね、郡司の件も含めて知りたいことをすべて訊きだした。

「郡司俊介《しゅんすけ》の後ろには、なにかいる。それは間違いないんだ。いまは何者がいるのかを、〈委員会〉が必死で調べてるところなんだ」

「ふーん……でも、郡司さんはどこ行っちゃったんだろう」

「さぁね」

「本とか資料とか、惜しくないのかな。もしかして、戻ってきたりして」

「もし戻ってきたら、大した神経だって褒めてやるよ。とにかく、しばらくは一人でマンションから出るんじゃないぞ」

「わかった」

雅は神妙な顔をして頷いた。胸の中のもやもやしたものが、ようやくすっきりとした。おとなしく閉じ籠《こも》っていようという気持ちにもなった。

「じゃ、うちに帰るね。晩ご飯のとき呼ぶから」

気分も軽く言って、雅は喬済の部屋を後にする。階段が使えないことを不便に思いながら、自業自得と溜め息をついて二階に降り立った途端、雅は立ち尽くした。

正確には、佐々元家のドアの前だった。

閉ざされたドアの前には、教科書やノートといった雅の学校の用意が一式と、当面の着替えが入った袋が、合計三つ置いてある。

家出宣言の返事であることは間違いなかった。

「し……信じらんない……！」

興奮した状態での売り言葉にすぎなかったのだ。いくらか気も収まったいまは、本気で家出をしようなどとは思っていなかったのだが、ここまでされてしまったら、もう引っこみはつかなかった。

雅は紙袋を三つ持って、再び三階に取って返した。

インターホンに応えてドアを開けた喬済は、両手に大荷物を持って、なにも言わずに中へ入る雅をまじまじと見つめる。

「本当に家出したのか……？」

「そんな気なかったけど、ドアの前にこれ置いてあったんだよ！　そーまでされて、のこのこ入ってけるもんか」

部屋の隅に紙袋を置き、雅はきちんとフローリングの床に正座をした。それからぺこりと喬済に頭を下げる。

「そーゆーわけで、泊まるからよろしくお願いします」

「雅……それは……」

「だって他に行くとこないもん。マンションから出たらヤバいっしょ？　大丈夫。おれ、歯ぎしりもしないしイビキもかかないし寝言もないから」

雅は正座をしたまま喬済をじっと見上げた。遥《はる》か上のほうにある端整な顔は、明らかに困惑を示していた。

やがて、溜め息まじりの声が降った。

「そういうことじゃないよ」

喬済は雅の前にしゃがみこみ、視線をあわせてきた。

図々《ずうずう》しいことを言っているという自覚はある。だが棗への意地が、雅を引き下がらせなかった。

「迷惑なのは、わかってるけど……」

「違う。迷惑なんかじゃない」

浮かんだ苦笑に、雅は小首を傾《かし》げた。

「なんか……喬済さんて、つまんなそーな顔とかしなくなったね。前はさ、笑っててもつまんなそーだったのに、いまは普通に困った顔とかもするもん。この表情も好き」

話の最中だというのに、喬済の顔を見ていたら、つい思ったことを口にしてしまった。と同時に、邪気もなく笑いながら、ぺたぺたと子供のように喬済の顔に触る。

深い意味なんて、なにもなかった。

喬済はその手を握り、まっすぐに雅を見つめる。

「俺は、雅のなんだっけ？」

「え……こ、恋人だよね……？」

少し照れながらも、雅は嬉《うれ》しそうに言った。

「そう。恋人の部屋に泊まるってことは、先に進んでもOKってことだよな？」

言われてようやく、雅ははっと息を呑んだ。

「そ、そうだよね……そっか、そうだった……」

完全に失念していたことを思いだし、雅は口の中でモゴモゴと意味のないことを呟《つぶや》いた。握った手から、喬済に流れていくのは戸惑いの感情だ。嫌悪感でも拒否でもないことは確かだが、かといって積極的なものでもない。

未知のことへの怖さと、躊躇《ちゅうちょ》。だが恋人として、喬済との関係を進めたいという気持ち。応えたいという真摯《しんし》な姿勢。いろいろなものが雅の中でないまぜになっているのが、喬済にはよくわかった。

喬済は手を離し、すっと立ち上がる。

「ちょっと留守番しててくれ」

「え……ど、どこ行くの？」

早くも部屋を出ていこうとする喬済の背中に、雅は慌《あわ》てて声をかけた。

「棗さんのところ」

「家出のことなら、とりなさなくていいからね！　いいよ、おれ、喬済さんとするから。だから泊めて」

弾みや意地で言ってしまった、としか聞こえない肯定に、喬済は靴を履きながら振り返って苦笑を浮かべた。

「布団、借りてくるよ」

「いいってば！　するったらする！　セックスでもなんでも、全然ＯＫだから……！」

「なんでも……って言われても……」

それ以外になにがあるというのか。いや、いろいろとあるにはあるが、喬済には特別な嗜《し》好《こう》はない。

嘆息し、喬済は雅の髪に軽く触れて部屋を出た。

静かにドアを閉める音は、工事の音にかき消された。


機嫌はかなり悪いのではないか……と思っていた喬済の予想に反し、棗は特にいつもと変わった雰囲気はなかった。ただし、棗が表面通りの心理状態であるという確証は、どこにもなかったが。

「雅は怒ってるか？」

出迎えた棗は、ほとんど同じ目の高さで、淡々と尋ねた。

相変わらずなにを考えているのかわからない。表情が変わらないわけではないのに、彼の場合は感情と表情が一致しているとは限らないのだ。両親が同じ兄弟のはずだが、ずいぶんと違うものだと思った。

「というか……引っこみがつかないだけだと思います」

「そうだろうな。ま、気がすむまで預かってやってくれ」

「あの、こう見えても俺は十八なんで、そんなに辛抱はきかないですよ。一応、雅の布団は持っていきますけど」

「必要ないだろう。セミダブルのベッドがあるんじゃないのか。しかし、自分が買わせたベッドで、男にやられるはめになるとは、雅も愉快な役まわりだ」

いまのは皮肉だろう。ただし雅に向けているように思わせて、その実、喬済に言っているのは間違いなかった。

喬済が探るように見ていると、棗は口の端を上げた。

「なにか言いたそうだな」

「どういう心境なのか、俺にはさっぱりわからないんで……。俺だったら、絶対に他の男に譲ったりしないですから」

喬済の言葉に耳を傾けている棗は、見ようによっては薄く笑っているようにも見える表情をしている。余裕なのか、自嘲《じちょう》しているのか、触れれば判断のつけようもあるが、見ているだけではわからなかった。

言いくるめられぬよう、喬済は暗示を警戒しつつ、言葉を待った。

ややあって、棗は世間話でもするように言い始めた。

「何度か頭をよぎった考えがある。君が言っていたように、暗示のこの能力を使って、雅が自分に恋愛感情を抱くように仕向けようか、とか……いっそ無理にでも抱いてしまって、それを雅が受け入れるようにしてやろうか、とか」

棗はソファの肘《ひじ》かけあたりを眺めながら、どきっとするようなことを平然と口にした。

それは雅が懸念したことであり、喬済が一度は棗自身から否定されながらも、どこかで疑っていたことでもあった。たとえ仮に雅が棗に抱かれていようと、棗が忘れろと言ってしまえば、その部分は雅の中の深い部分へと封じ込まれ、鍵をかけられて、喬済には探せなくなってしまうのだ。

棗は、ふっと口元に笑みを刻んだ。

「前にも言ったろう。そんなことをしても虚《むな》しいだけだから、しなかったぞ」

今度こそ本音が出たと喬済は思う。確かに喬済が棗の立場だったとしても、そんなことはしなかっただろう。

棗は、ふんと鼻を鳴らした。

「ようするに、俺は雅の気持ちを歪《ゆが》めることができないだけだ。君を好きだと言ってる以上は、反対することもできない」

「棗さん」

「もちろん、雅が君に飽きるのは一向にかまわないし、むしろ歓迎する。だが、もし逆だったら……つまり、雅をないがしろにしたり、捨てるようなことがあったら。そのときは、ただではすまさん」

「ない、って約束しますよ。あいにくと、俺はしつこいタチなんです。目移りするようなことはないし、正直言って雅以外は興味がない」

「この言葉、忘れるなよ」

「はい。棗さんより、大事にしてみせますよ」

ニッ、と口の端を持ち上げて、喬済はソファから立ち上がる。

ようやく棗の本心が見えたことで、気が軽くなった。こうでなくては、と思う。本音の見えない、ものわかりのいい兄が相手では、どう立ちまわっていいのか戸惑ってしまうが、いまの棗ならば、喬済の心も決まろうというものだ。

「喬済くん。雅に、それを渡してくれ」

テーブルの上にあった小さめの袋を指して棗は言った。

中身がなにかを問うつもりはなかった。喬済は黙ってそれを持ち、そのまま棗の前から立ち去った。

視線は感じなかった。

けっして棗本人に言う気はないが、もしも彼がライバルの立場を自ら放棄しなかったら、さぞかし手強《てごわ》い相手だっただろう。

少し長居をしたことを腕時計で知り、喬済は三〇一号室に戻った。

雅はベッドの上に座って、緊張した顔をしていた。喬済が紙袋しか持っていないことに気づき、何度か瞬《まばた》きをした。

「えっと……布団は？」

「見ての通りだよ。俺は手品師じゃないし」

くすりと喬済は言い放った。

「あ……そか。うん……」

頷いて、雅はますます硬くなる。すでに覚悟を決めて、喬済がいない間に風呂を使ったらしく、身に着けたパジャマの襟ぐりから見える素肌は上気していた。

とりあえず積極的に抱かれるつもりではあるらしい。

それにしても――。

華奢《きゃしゃ》な身体《からだ》を小さくして、緊張しながらちんまりと座っている姿は、犯罪的なくらいに可《か》愛《わい》らしい。

喬済は欲が高まるのを自覚して、同時に棗を偉いと思ってしまった。こんな雅を、兄弟の距離でずっと見てきて、とうとう手を出さなかったのは賞賛に値する。

「それ、なに？」

「……ああ、これは棗さんがおまえにって」

「なんだろ……」

袋を渡すと、すぐに雅は中身を取りだした。

「えっと、これって白色ワセリンと潤滑ゼ……」

容器の表示を読みかけて、途中で雅はそれを落としてしまう。床に転がる音に、雅の顔はカーッと赤くなった。

「な……な……っ」

「すごい人だな……」

漠然と、すごいと思った。こういうところは一生かかっても真似《まね》できないだろうと、喬済は溜め息をつく。

カチカチになっている雅を見ると、さすがに欲望に氷水をかけられたような気分にもなるが、それでも熱が冷めることはない。それくらい、十八歳の理性は限界に近かった。

喬済はワセリンのケースと、ゼリーが入ったチューブを拾い、ベッドに腰かけた。

「せっかくだから、使おうか」

「……う、うん……」

冗談めかした誘いに、雅は神妙な顔をして頷いた。

そっと抱きしめて、細い身体を引き寄せる。雅本人にも棗にもここまでされて、手を出さずにいられるはずがない。

緊張している雅の顎《あご》を指先で掬《すく》い、喬済は唇を重ねる。最初は啄《ついば》むようにして触れあわせ、それから舌先で唇を舐《な》めた。

いきなりパジャマに手をかけることはせず、キスを深くしていった。

舌先をそっと入れても、雅はおとなしかった。抵抗はしないが積極的なわけでもなく、ただされるままだ。きっとキスに応じるなんて、考えもつかないのだろう。

「ふ……」

小さく息をこぼし、雅は眉根《まゆね》を寄せる。だが嫌がっているわけではない。その証拠に、雅は両手でしっかりと喬済のシャツにしがみついている。

舌を絡めながら、雅の身体をベッドに横たえた。ボタンをひとつひとつ外していくが、おそらく雅は気づいていない。

下まで外して大きく寛《くつろ》げ、ズボンも脱がしにかかる。覚悟を示すように、雅は下着を着けていなかった。

唇を離し、喬済は雅の身体を見つめた。

あらためて見ても、首は細く肩は頼りなげで、全体的に肉づきが薄い。よく食べているわりには、まったく身になっていないようだ。服を着ているときの印象よりも、ずっと雅の身体は小づくりで繊細なラインをしていて、無理をしたら壊れてしまうんじゃないかと喬済に不安を抱かせる。

もちろん、簡単に壊れるものではないし、壊すつもりもなかったが。

俎上《そじょう》の魚《うお》とはこのことかと思うほど、雅はぎゅっと目を閉じておとなしくしている。喬済は顔を寄せ、雅の鎖骨《さこつ》のあたりを強く吸った。女の子のように柔らかくはないが、張りのあるしっとりした肌は、緊張に強張《こわば》っていた。

そして感情がざわついていることも、触れた肌から直接喬済に伝わってきた。

「やっぱり怖いよな」

「よ、読むなって言ってんのに！」

ぱちっと目を開けてクレームをつける雅の口を、喬済は再びキスで塞《ふさ》いだ。

怖いと思う気持ちがあるのは当然のことで、とにかくそれを和らげてやりたかった。性急なことはすまい。時間をかけて、身体だけでなく心もほぐしてやらねばいけない。

下手《へた》に相手の心が読めると、こんなときでも理性が強く働いてしまって辛《つら》いところだ。

喬済は自分でも呆《あき》れてしまうくらい長く、雅とくちづけを交わした。

飲み下せなかった唾液《だえき》が細い喉《のど》を伝っていくまで、貪《むさぼ》るようにキスを続けると、雅もようやく応じてきた。誰に教えられたわけでもなく、おずおずと舌を動かしたのだ。

「ん……」

指先で雅の肌に触れる。胸を撫《な》で、小さく色づく部分を弄《いじ》り、まさぐっていく。

雅はくすぐったそうに身を捩《よじ》った。

名残《なごり》惜しさを覚えながら雅の唇から離れ、代わりに頬《ほお》から顎、首から肩へとキスを移した。

そうして、指でやわやわと悪戯《いたずら》していた場所に、舌先で触れた。

指で弄ったことで、すでに乳首はつんと尖《とが》っている。そこに舌を絡め、口の中で愛撫《あいぶ》しつつ、空いた手を下肢へと伸ばした。

雅の欲望に触れたとき、喬済の腕の中で雅は大きく跳ね上がった。

「やっ……喬済さ、ん……っ」

「なに？」

強い羞恥《しゅうち》の感情が流れてくる。それでも気づかぬ振りをして、喬済の手は強弱をつけて雅を煽《あお》り立てた。

「あ、ぁんっ……」

他人の手など初めてだろうそこは、反応して手の中で育った。そして口で弄っている胸の突起も、ぷっくりと立ち上がっていて、軽く歯を当てただけで、びくっと大きく震えるようになった。

雅がどれだけ感じているかは、身体や声の反応だけでなく、接触テレパスとしての喬済の感覚でダイレクトに捕らえられる。どこが悦《い》いのか、口で訊くまでもなく察することができるのだ。

「あっ……や……ぁ」

まるで愛撫の手を止めたがっているように、雅の手は喬済の手首のあたりを弱々しく摑ん

でいた。

だが止めたいと思っているわけではないらしい。雅は自分の行動すら認識していないのだ。雅自身でさえ、どうしたいのかがわからないのだろう。だから、喬済は身体の反応を頼りに、なにも知らない身体を溶かしていく。

小さな乳首を舌先で転がし、手の中のものを優しく擦《こす》り上げると、雅はたまらないといった様子で身を捩った。嫌がってのことではなく、無意識の反応だ。

「ひぁ……っん……」

胸を強く吸うと、甘い声がこぼれた。

どうやら気持ちがいいらしい。感じ始めた自分に対して雅が戸惑いを覚えているのが、しっかりと伝わってくる。

さらっとしていた肌は汗ばみ、呼吸が速くなってきた。身体の硬さも、最初に比べればほぐれている。

喬済は胸への愛撫はそのままに下肢から一度手を離すと、棗がくれたチューブを手にし、中身を指に出した。冷たいそれが人肌に温まって緩くなるのを待って、指先を雅の最奥《さいおう》に持っていく。

「や……っ」

びくっ、と細い腰が跳ね上がった。

雅はまだぼんやりとしていて、この行為に対して特に思うところはないようだ。ならば好都合とばかりに、喬済はゼリーを塗り込め、ゆっくりと指を沈めていった。

途端に、雅の思考がクリアになった。動き始めたといってもいいだろう。

「やめっ、なにす……やだぁ……っ」

——そんなところに指を入れるなんて信じられない……。

考えというよりは、そういった感覚を抱いているのだ。雅は羞恥と恐怖と驚愕《きょうがく》でいっぱいだった。具体的に、抱かれるということがどういうことなのか、あまり深くは考えていなかったようだ。

潤滑ゼリーのおかげで、指は難なく根元まで入ってしまう。

痛みはないが、異物感は強いらしい。

（なん、で……そんなに慣れてんの……？　接触嫌悪症って、言ってたくせに……？）

「別にこれには慣れてないよ」

「だか……ら、読むなよぉ……っ」

雅は涙声で訴えて、逃れるように身体を捩ろうとする。だがそれを許す喬済ではなかった。

軽く押さえつけ、中で指を動かしてやる。

「う……く……」

指が内部で蠢《うごめ》く感触に、雅は息とも声ともつかないものを漏らした。

嫌がってはいないが、気持ちがいいと感じているわけではない。感覚まで伝わるわけではないが、どう感じているのか手に取るようにわかってしまうのは、果たしていいことなのかどうか。

喬済は我知らず苦笑をこぼした。

「お、おれのほうが……急に……接触嫌悪症になっちゃうかも……」

必死で意識を逸《そ》らそうとして、雅はそんな軽口を叩く。

どうやら余裕はあるらしいと知り、喬済も同じように返した。

「もう遅いよ」

ここまで来て……と、これは心の中で呟いた。

まして雅の気持ちには、激しい羞恥や戸惑いはあるものの、けっして拒絶や嫌悪といったものはないのだ。珍しくも、口と本心が違っていた。

感じるらしい胸を口で愛撫して気を逸らしながら、喬済は飽くことなく指を出し入れし、かなり抵抗がなくなってきたころを見計らって、指を増やした。

「ひ……ぁっ……」

指が動くときに立てる湿った音は、雅の耳に必要以上に大きく聞こえるようだ。男の指を銜《くわ》えこんで泣きながら喘《あえ》ぐ自分はなんてみっともないんだと、遮るものもない雅の感情はそのまま喬済に流れこむ。

そんなふうに思う必要なんて、まったくないのに。

「みっともないなんてこと、ないよ」

耳朶《じだ》に軽く歯を立てて、喬済は囁《ささや》く。

「だ、だって……」

「もっと、そういう雅が見たいし、声が聞きたい。それに、平然とされてたら俺がかわいそうだろ」

「やっ……だめ……っ！」

耳の中に舌先を入れると、びくりと首を竦《すく》めて、雅は喬済の肩に顔を埋めた。

「だめは、なし」

（ビギナーなんだからしょーがないじゃないかっ……！）

口を開いたら、とんでもない声になってしまうと思ったらしく、雅は頭の中で叫ぶ。喬済に聞かせるための言葉だった。

「そうだな。でも、いまは俺に任せて」

耳元で声を吹き込むと、雅はぐっと黙りこんだ。了承の返事はなくても、その意志は流れてくる。

喬済は中を掻《か》きまわしていた指を引き抜き、ゆっくりと雅の身体を倒して背中をシーツに預けた。

体勢が変わったことに雅は緊張するが、それは仮に喬済が能力をシャットアウトしていたとしてもわかるほど、あからさまな態度だった。

脚を持ち上げ、腰を浮かせて、ほぐしたつもりの入り口に喬済は侵入しようとする。

熱さと硬さに、雅は身を竦めてきつく目を閉じた。

雅の意識は、怖い、と訴えていた。

「……嫌か？」

そんなことは口で訊かなくても読めるのに、喬済は尋ねていた。未知のことに当たり前の恐怖と緊張を覚えているだけだと知っていても、言葉がほしいときだってある。

初めてだからこそ、言ってほしかった。

雅はそろそろと目を開けて、喬済の顔を見た。

「や……じゃ、ない……」

たどたどしく言葉で返す、雅のそんなところが、たまらなく可愛く、いじらしい。

こんなに愛《いと》しい生きものはないと、改めて強く思わせる。

たまらず、喬済は自らを押し進めた。

雅の悲鳴が殺風景な部屋に響き、固く閉じた目の端から涙がこぼれていく。それだけでも十分に可哀想な姿なのに、強烈に伝わってくる雅の感情が、喬済の罪悪感を苛《さいな》んだ。

苦痛と不安に、雅は怯《おび》えていた。

「ふ……ぇ……っ」

泣いている雅を見ていると、まるで苛《いじ》めているような気分になってくる。

細い腕が喬済の首に巻きついて、ぎゅっと力がこめられた。

「雅、苦しい」

「おれなん……か、痛いよっ！　死んじゃうよ！」

ぼろぼろ泣きながら耳元で怒鳴る雅が、必死で虚勢を張っていることはわかったので、喬済はあやすように何度も背中を叩いた。

「ごめん」

なにしろ同性を抱くのは初めてで、勝手がわからないのだ。

喬済はすっかり萎《な》えてしまった雅の欲の証《あかし》に指を絡め、先ほどと同じように、あるいはもっと念入りに愛してやった。

「ん、ぁっ……あ……」

触れられれば気持ちよくはなるらしく、強張っていた身体から力が抜ける。その隙に、喬済は少しずつ奥へと挿入を深めた。

かなり時間はかかったが、なんとか身体は繋がり、喬済は溜めていた息を吐きだした。

最初ほどではないようだが、やはり雅はまだ苦しいようだ。

「どんなに泣いてもいいし暴れてもいい。後でぶん殴ってもいいから……いまは、続きしてもいいか？」

「……うん」

赤くなった唇にキスを落としてから、喬済は自分の快感を追った。

突き上げるたびに雅の唇からこぼれるのは、苦痛の色が濃い声だ。まるで喉を引っかくような声だった。

少しでもよくしてやりたくて、また手を伸ばした。手の中で扱《しご》き、敏感なところを指先で優しく抉《えぐ》ると、声がわずかに濡《ぬ》れてくる。雅自身も、痛みと気持ちよさを同時に感じて、激しく混乱していた。

「あっ、う……！」

それでも受け入れ続けようとしてくれる雅が、愛おしくてたまらない。

こんなふうに誰かを想えるなんて、想像もしていなかった。性を同じくする者と身体を繋ぐことも。

ずっと人に触れるだけで嫌な気分になっていた。触れられることより、触れることがもっと嫌だったから、他人に興味が持てないのは、そんな自分にはちょうどいいのだと当然のように考えた。

そんな喬済が、雅に触れたいと思い始めたのはいつだったか。

いまは雅のどんなところでも触れたい。指や唇、あるいは舌で、余さずに愛してやりたいと望んでいた。

「ぁ、あ……っ！」

穿《うが》たれる度に乱れる雅を見つめ、喬済は自分の欲の深さを思い知る。

人を好きになるという感情は、雅に教えられた。そして、喬済が自分で考えていたよりも遥かに貪欲《どんよく》で、執着の激しいことをもだ。

抉るように深く貫くと、雅の身体がびくびくと震えた。

「やっ……あ、ん……！」

痛い、苦しい、と訴え続けてきた雅が、別の感覚に支配され始めているのが喬済に伝わってくる。

遮ろうと思えば、できたかもしれない。だがその気はないから、雅の心の中は感情も思考もなにもかもがさらけ出されている。

身体も心も、雅はなにひとつ喬済に隠すことはできないのだ。

濡れた声を上げる雅が、少しずつ快感の奔流に呑まれていくのがわかる。

羞恥心は、とっくにない。怯えもためらいも、なくなった。そもそも思考というものが、少し前からほとんど感じられなかった。

伝わってくるのは、「好き」だという感情だけ――。

音にならない言葉で好きだと告げられ続けて、喬済は夢中になった。肉体の快楽は、心と無関係ではなかったのだと、初めて思い知った。

「た……ずみ……さ……っ」

涙をいっぱいに溜めた目で、雅は見つめてくる。

「喬済……だ」

繰り返すキスの合間に喬済がそう囁けば、雅は白濁した意識の中で、言われるままに唇を動かした。

「喬、済……っ、あぁ……！」

腕の中で仰《の》け反り、雅は甘い悲鳴を上げる。前を刺激されることでの快感だろうが、弾《はじ》けそうなほど高まっているのは確かだ。

そして喬済も、雅の中で深く快楽を得ている。

「雅……」

耳元で囁くと、しがみついている腕がびくっと震えた。

「も、う……だめ、いく……いっちゃ……」

「いいよ」

「んっ、い……く……あぁぁっ！」

ひときわ高い声を上げて、雅は喬済の手の中で欲望を弾けさせた。同時に後ろがきつく締まって、喬済もまた終わりを迎えた。

伝わってくる雅の意識は、まぶしいくらい真っ白になっていた。


「ずるい……」

目を覚ました雅の第一声がそれだった。

振り返った喬済を、雅はなにも言わずに恨めしそうに見つめた。

「それは、なにに対しての『ずるい』?」

「……わかってるくせに……」

「心当たりがありすぎてひとつに絞れない」

おまけに触れていないから、考えを読むこともできないし、そのつもりもないようだった。

「せ、接触嫌悪症なんて、言うから……てっきり、喬済さんも経験……ないのかと思ってたのに、あったんだ……っ」

喬済が初めてじゃないことくらい、雅にだってわかった。指を入れたときに言っていた通り、後ろを弄ったのは初めてだったのかもしれないが、誰かを抱いたことはあったに違いない。それくらい、慣れた感じがした。

「あったらマズイのか……？」

喬済はベッドサイドに座ると、布団から顔だけ出している雅の、ふてくされた様子に笑みを浮かべた。

笑われたことで、雅はますますむくれた。

「だって、おかしいじゃないかっ……だからあのとき、ノーコメントだったんだ……」

「別に、嘘はひとつもついてないだろ。役目上、避けられなかったことがあったのも、否定しないよ」

「そ、そんな……！」

がばっと両手をついて上体を起こしかけたものの、雅は痛みに悲鳴を上げ、再びベッドに沈んだ。

「大丈夫か？」

喬済に頭を撫でられながら、雅は目尻《めじり》に涙の珠をつくっている。それがこぼれないようにしながら、雅は質問の続きを心の中でした。いまは触れているから、伝わるはずだ。

（そんなことまでさせてんのっ？〈委員会〉って……）

読み取って喬済は仕方なさそうに笑った。

「あの親父は、息子に対してはなんの容赦もしないからな」

「……お父さんに逆らえないの？」

「そういうわけじゃないけど……なんていうか、これといって逆らう理由がなかったんだ。なにに対しても、わりとどうでもよかったから」

思いだすような喬済の口振りは、そんな心情がすでに過去のものであることを示していた。確かに最初は無関心といった雰囲気もあったが、最近の喬済は、けっしてそんなふうに見えなくなった。

それが自分のせいかもしれないと思うと、雅は無性に嬉しくなる。

「俺も、そうだと思ってるよ」

「やっぱり……？　って、また読むー……っ」

声を抑えて怒鳴りながら、雅はむくれた。

便利なんだか不便なんだか、よくわからない。上手く言葉にできないときや、さっきみたいに話すのが辛かったり億劫《おっくう》だったりするときは、いいのだが……。そして、こうして普通のときに心を読まれるのもそれなりに恥ずかしいが、身体を繋いでいるときに、心の中を見通されてしまうのはもっと恥ずかしかった。感覚に支配され、本能だけになった自分を人に、まして好きな人に知られるのは抵抗がある。

「読まないって言ったのに、よくおれの心、読んでるよね」

「言ったろ。雅のは勝手に流れてくるんだよ。特にセックスしてたときは、防ごうとしたって無理なくらい強かったんだぞ」

「そ、そんなこと言ったたって……っ」

雅は反論しようとしたが、昨晩のことを思いだした途端に勢いはみるみる殺《そ》がれてしまう。恥ずかしい格好をさんざんさせられて、全部見られて、みっともないくらいに喘ぎ、泣いた自分。本当に「全部」だったと思う。身体と同時に、心の中まですべて見られてしまったのだから。

顔の半分まで羽毛布団を引き上げて、雅は目だけを喬済に向けた。

まともに喬済の顔を見られなかった。

「なるべく、普段は読まないようにする。プライバシーは尊重するよ」

額《ひたい》へのキスで懐柔された雅は、ベッドを離れてフローリングに腰を下ろす喬済の一挙手一投足を目で追った。

喬済はパソコンを起動させ、インターネットに繋いでいる。

長い手足に、洗い晒《ざら》しのジーンズと白いシャツが、見惚れるほどよく決まっていた。ラインの綺麗な横顔も、少し長めの前髪をかきあげるときの長くて節張った指も、好きだなぁと思う。

（あ……）

パソコンのキーボードに触れる指を見ているうちに、昨夜はあれに正気を奪われたのだと思いだし、雅は一人でうろたえてしまった。

つくづく、いまは触れられていなくてよかったと胸を撫で下ろす。

「明日から学校に行けそうだ」

前置きもなにもない喬済に、雅は一瞬意味を摑み損ねた。

「え……おれ？」

「そう。例の『学校のほうの手配』ってやつ。校内の安全を確保したそうだから、後は送り迎えだけだな」

「確保……？　どうやって？」

雅の質問に、喬済はわからない、といったように肩を竦めた。

「具体的なことはなにも言ってこないんだ。多分、訊いたとしても必要ないとか言って答えてくれないと思うけどね」

喬済は〈委員会〉の――というよりも父親のパターンをもう知り尽くしているから、そう言われてしまうともう雅は引き下がるしかなくなる。どのみち、知ったところで好奇心が満たされるだけのことだから、ムキになって追及するほどのことでもない。

カチャカチャという、キーボードの音を聞いているうちに、雅はふっと気づいた。

いまの件が片づけば、喬済はもうここにいる理由がなくなってしまう。もともと、用がすめば出ていくつもりだったからこそ、喬済は必要最低限のものしか持ってこなかったに違いないのだ。

「……ごめん。家具、ほんとにいらなかったんだね。おれ、知らなかったから、無理やりみたいに買わせちゃって……」

しょぼんとする雅に、喬済は平然と言う。

「そうじゃないよ。ああいう部屋で半年暮らしたこともあるから、期間がどうのってのは、あんまり関係ない」

「……それは変だよ」

頓着《とんちゃく》がないのは地だったらしい。雅は呆れ、そして、以前の喬済のことを思ってひどく寂しい気持ちになる。環境に関心がなかったのは、喬済の場合は自分自身や他人に対する関心の薄さと同じだったのだろう。

横顔を見つめているうちに、喬済の注意がパソコン画面に向かっているのが、たまらなく不満に思えてきてしまった。

「あの……さ、おれの心のプライバシーは守ってよ」

喬済にいまの気持ちを悟られたくはなくて、そう言った。

こちらを見てくれないのが不満だとか、近くにいてくれないのが寂しいだとか、そんな情けないところは知られたくない。これ以上、喬済に醜態を晒《さら》したくないと思うのは、雅の意地だった。

「わかってるよ。ってことは、別のプライバシーはいいのか」

「う、うん……いいよ」

一緒にいるときは、全部喬済に明け渡してもいいとさえ思う。

喬済はくすりと笑ってこちらにやってくると、羽毛布団の上から雅を押さえつけ、顔だけ出している恋人の口を塞いだ。


喬済を同伴して雅が佐々元家に戻ったのは、昼もとっくにまわり、時計が一時半を指すころだった。

棗は診療所の昼休みに戻ってきていて、リビングで二人を迎えた。

「家出及び不純同性交遊小僧」

いきなりそんなことを言われて、雅は激しく動揺する。いくら棗が一風変わった男だとはいえ、昨晩してきたことを仄《ほの》めかされるとは思わなかった。もう照れ隠しに怒鳴るしかできなくなる。

「あんなもん渡しといてよく言うよね！」

「使わなかったのか？」

棗は質問の相手を喬済に切り替えた。使われたのは雅だが、使ったのは喬済、というわけだった。

喬済は少し躊躇し、やがて頷いた。

「使いました」

ふふん、と棗がせせら笑った。

「そら見ろ。しかし雅はちっとも雰囲気が変わらんな。男を知ったなら、もっと色気が出てもいいだろうが」

「出るかっ！」

「で、なにしに戻ってきた？　首尾よく初夜をすませた報告か？」

「なに言ってんだよ！　おれはね、明日の用意をしにきたの！　兄ちゃんが用意してくれた中に時間割り入ってなかったよ」

まだ戻る気がないのをアピールして、ぶつぶつ言いながら雅は自室に向かった。

リビングに残された喬済に、棗は目を移した。

「学校に行けるのか」

「ええ。さっき、ＯＫが出たんで」

「そうか」

「雅は、棗さんが帰ってこいって言うまで帰らないと思いますけど」

部屋にいる雅を示して、喬済は溜め息をつく。

雅はつまらない意地を張っていて、自分からは「ただいま」なんて言ってやるもんか、と息巻いているのだ。つまり棗の口から「帰ってこい」と言わせた上で、「仕方ないな」というような態度で戻りたいらしい。

「棗さんが突き放すのは初めてみたいですね」

「溺愛《できあい》だったからな。ま、どうせ迷惑なんかじゃないだろうから、あれの気のすむまで置いてやってくれ」

「はぁ……」

決めつけてかかる棗に、喬済は困惑した。

「なんだ？」

「いえ……まったく迷惑じゃないんですが、俺はもうタガが外れてますから、健全には過ごせないですよ」

「嫌がるのを無理にするタイプじゃないだろうが。雅はどうせ嫌がらんだろうし、問題はないと思うぞ」

「それは……」

ぱたん、とドアが遠くで閉まる音がする。ぱたぱたとスリッパが鳴り、現れた雅はリビングの妙な沈黙に眉をひそめた。

「なんの話……？」

「郡司のこと」

平然とまた嘘をつく棗を疑わず、雅は簡単に納得した。

「そっか。おれ、思うんだけどさ。郡司さんて、なんかもっと違う理由があって、おれのこと探ってたんじゃないかなぁ」

「なんでそう思う？」

「だってビデオ撮ってたのに、なんにも言ってこないじゃん。脅して金取るわけじゃないし、記事にもなってないし。兄ちゃんが変なこと吹きこむから変な態度とっちゃったけど、郡司さん、なんか言いたそうだったんだ」

棗の言った、郡司の下心の件は、すでに雅にも真相が告げられている。嘘ばかり、と雅が兄を非難する材料のひとつだった。

郡司をかばう発言をしたことで、雅の隣に座っている喬済は心中穏やかではない。だがそんなことなど気づきもせず、彼は延々と郡司をかばうようなことを言い続けた。

最初から郡司に対して好感情を抱いていなかった喬済であるが、それは先日のスタンガンの一件で決定打となっていた。

状況的に、あの件に郡司が無関係とは誰も思っていない。すでに捕まった二人組が誰に頼まれたかはわからないものの、彼らを雇った者と郡司が繋がっているのは状況的に確実なのだ。基本的にあのタイプのスタンガンは、購入時に登録をしなくてはならないほどの代物だから、その線からなにも浮かばなかったとなると、こちらも警戒をさらに強めなくてはならない、というわけだった。

ところが雅はそんな細かい事情などどうでもよくて、自分の直感で、なにか理由があるはずだと信じている。

「そりゃさ、あんな目に遭わせてくれたことは、おれだって怒ってるけどね」

一人で大いに頷く雅の横で、喬済は苦虫を噛《か》み潰《つぶ》したような顔をしていた。

「ケーキだ。食うか」

尋ねながらも、棗の態度はもう雅が肯定するものと決めてかかっていた。

「うん」

数日ぶりに学校へ行くはずだった雅は、午後二時近い現在、パジャマ姿で喬済の部屋にいる。部屋の主は、一限の講義に間にあうように出かけてしまったから、雅は一人で留守番をしていたのだった。そこへ、ケーキの箱を携えて棗がやってきたわけだ。

患者にもらったケーキを雅に渡し、棗は喬済の部屋に入った。

歯科医にケーキを差し入れるというのも微妙なものだと最初のころは思ったものだが、よくあることなので、いまではまったく気にしなくなった雅だった。むしろ大歓迎の姿勢だ。

「今日から学校へ行くんじゃなかったのか？」

「う……うん、そのつもり……だったんだけど、あれで……」

うつむき加減に、雅は口の中で呟いた。

「あれ？」

「だ、だから……つまり、起きらんなかったの！」

ほとんどヤケで叫んでいた。いまさら恥ずかしがっても仕方ないとはいえ、やはり顔は真っ赤になってしまった。

一瞬黙ってから、棗は感心した様子で頷いた。

「なるほど、幸せそうだな。さすがにデキたてのカップルは違うか」

「……ヤキモチだってさ。わっ、五つもある！」

ケーキの箱を開けると、雅の顔は喜びを隠しきれなくなった。ショートケーキにアップルパイ、モンブランにレアチーズケーキにチョコレートケーキという、いずれも好きなものばかりだ。このケーキ店は、いまどきのこじゃれたケーキではなく、昔ながらのシンプルなものばかりを売る店だが、味がいいので地元では評判なのだ。

いそいそと皿やフォーク、そしてコーヒーを用意しながら、雅は言った。

「昨日、おれが郡司さんのこと言ったりしたじゃん。喬済さん、なんか郡司さんのこと嫌いみたいでさ。例の下心っていう兄ちゃんの嘘も、実際そうなんじゃないかって疑ってたよ」

「喬済くんがそう言ったのか」

「うん。訊いたらちゃんとそう答えたよ。ほら、自分は触ればおれのこと、わかっちゃうだろ。だから、なるべく自分のことも教えるようにしてくれてるらしいよ」

まるで惚気《のろけ》るように、雅は口元を緩める。

ケーキはさんざん迷った揚げ句にモンブランを選びだした。棗は甘いものを食べないので、残り四つあるケーキはこのまま三〇一号室のものになる。そして喬済もまた、この手のものに興味を示さない。口元が緩むのは、それもあってのことだった。

「なんかね。おれってエッチのとき、回線フルオープンになっちゃうんだってさ。隠しごとすんの、大変だよ」

「それで昨日、暗示かけさせたのか」

「そーだよ」

昨日、喬済を先に帰してしまった後、雅は棗に、ある暗示をかけてもらったのだ。喬済がやがてここを出ていくことに対し、自分が子供みたいに拗《す》ねているのを気取られないよう、隠してもらったのだった。

「……それはそうと、セックスしてるときはものは壊さないのか」

「壊さないよ」

「興奮すると壊れるわけでもないんだな。どういう法則で力が出るんだ……？　喬済くんとのセックスがもの足りないってわけでもないんだろう？」

「……っ」

ばしん、とテーブルを叩いて、雅は息を吸いこむ。

自分自身と、そして喬済の名誉のためにもここは足りていると言いたい。言いたいが、雅の中の羞恥心が、なかなか口を開かせてはくれなかった。

こんなとき、喬済だったら言葉にしなくてすむのに……。

「どうなんだ、雅？　足りんのなら、喬済くんにもっと気あいを入れるように言ってやるぞ」

「そんなことされたら死んじゃうよ！」

思わず叫んでから、雅は棗が笑っているのに気づいて、はっと息を呑んだ。

からかわれている……。

雅は拳《こぶし》を震わせた。だが以前のように、感情は見えない力になって物体を破壊したりはしなかった。

「ほー、これくらいのことじゃ、力は出さなくなったな。ちょっと前までなら、そのケーキは飛び散ってたところだぞ」

「……もうすぐ二時だよ」

午後の診療が始まる時間だ。つまり、さっさと帰れと雅は言っているのだ。これ以上、居座られて、またなにか言われでもしたらたまったものではない。

さくさくとケーキを食べながら、雅は目で棗を追い払った。

「ま、同棲《どうせい》ごっこに飽きたら帰ってこい」

「ごっこ、って」

雅がムッとしている間に、棗は部屋を出ていった。

相変わらず棗は終始、雅を子供扱いだ。それを雅が不満に思っていることなど承知なのに、絶対に態度を変えようとはしない。

ケーキが載っていたアルミを手の中でくしゃくしゃにしていると、電話が鳴りだした。

無視していいと言われているから、雅は残ったケーキを冷蔵庫に入れるために立ち上がった。

やがて留守番電話のメッセージが流れ始めたが、予想通りといおうか、喬済の声で吹き込んだものではなく内蔵されたものだった。そこへ——。

『もしもーし、郡司ですがー』

いきなり脳天気な声が聞こえた。名乗っている通り、まさしく郡司俊介本人のものだ。

雅はケーキの箱を置き、慌てて受話器を取った。

「郡司さんっ？」

『おー、雅ちゃんだ。やっぱこっちにいたのか。先に佐々元家にかけてみたんだけど、出なくてさ。じゃあこっちだろうと思って。いまは一人、だよな？　森くんは出かけたみたいだし、棗さんは診療だもんな』

郡司は、しっかり喬済と棗の不在を狙《ねら》って電話をかけてきているようだった。後ろから音楽と、がやがやした人の声が聞こえてきていて、雰囲気的には喫茶店という感じだ。

「いま、どこ？」

『わりと近く……。あのさぁ、実は頼みがあるんだ』

「やだ」

用件を訊く前に、雅はきっぱりと言った。

『雅ちゃーん』

「おれ、怒ってんだからね」

『はいっ、お怒りごもっともです。でも、言い訳をさせていただきますとですね、ワタクシめは、まさかあのよーな物騒なものが渡されているとは存じませんで、ビデオ撮ってたときにトンヅラしたのは、あのまま残ってたら、自分の身が危なさそうだったからで……』

「うん。きっとおれ、メタクソにしてた」

もしもあのとき、目の前に郡司が来ていたら、雅は毒済にケガをさせたことを責任転嫁して、郡司に怒りをぶつけていたかもしれなかった。

電話の向こうから、乾いた笑い声が聞こえる。

『会ったとき思いっきりブン殴っていいし、撮ったテープは雅ちゃんにやるから、お願い聞いてくんない？』

「テープ……？」

『うん。デジタルだと加工できるからって、わざわざアナログ指定されたの。もちろんオリジナルだし、複製も作ってない。向こうに渡すのはやめたんだ』

言葉遣いとは裏腹に、郡司の口振りはひどく真剣だ。もともと、郡司に対して好意的な雅がぐらつくのにそう時間はかからなかった。

「……向こうって、なに？」

『超能力のメカニズムを研究して商品価値のあるものにしたがってる企業があるんだ。でも、ここんとこ俺、逃げまわってんの。マジマジ。ほら、渡すべきもん渡さないで、消えちゃったもんで』

緊張感だとか真剣みには欠けるが、嘘ではないのだろう。

「……とりあえず話、聞くだけ聞く」

我ながら甘い、と雅は溜め息をついた。

『優しいなぁ……。あのさ、俺んちのベッドのある部屋のチェストに、セカンドバッグが入ってんだけど、それ探して持ってきてくんないかな。上から二番目の引きだしなんだ』

どんなお願いかと思えば、実に他愛《たわい》もないことだ。もっと難しい、返事をするのに困ってしまうようなことを想像していただけに、身がまえていた雅は拍子抜けした。

「それだけ？」

『うん、それだけ』

「大事なものなんだ？」

『そー、すげぇ大事。自分で取りにいこうとしたんだけどさ、もし棗さんとか森くんに見つかったら半殺しかなー、なんて思って……』

「そうかもしれない」

棗はともかく、喬済はやってしまいそうだ。普段はああだが、いざとなったら喬済は結構、激しそうな気がする。

『バッグ開けて、見てもいいからさ。そのほうが安心だろ？』

雅はしばらく考えて、やがてふっと息をついた。

「……ほんとに殴らせてくれる？」

『お、おう』

「グーで殴っていい？」

『わかった』

「場所、どこ？」

外出自粛は承知していたが、雅はそう尋ねていた。


棗の目を盗んで持ちだしたマスターキーで三〇二号室に入り、雅は言われた通りに寝室のチェストからセカンドバッグを取りだした。

バッグを見つめて、雅は呟いた。

「一応、チェック」

本人もいいと言っていたし、もしかしたら郡司と繋がっている企業とやらの手がかりが出てくるかもしれない。これは正当な作業だ、と自分に言い聞かせ、雅は黒革のバッグの中を覗《のぞ》いた。

中身はいわゆる貴重品と呼ばれるものが入っていた。印鑑や免許証などの、これといって特別ではないものばかりだ。そんな中に、雅は古ぼけた写真を一枚見つけた。

写っているのは、赤ん坊だ。もともとはカラーだが、色はすっかり褪《あ》せてしまっていて、端もぼろぼろだ。

裏を返すと、繊細な字で〈俊介〉と書き記してあった。

つまりこの赤ん坊は郡司なのだ。

「……すげー大事なもの、かぁ……」

なにやら、わけありだ。大事なものばかりが入っているバッグの中に、赤ん坊のころの自分の写真を入れていることが、雅の創造力をいやおうなしに掻き立てる。と同時に、やはり郡司のことは信用できるんじゃないかと、改めて思った。

きっと喬済が聞いたら目を吊《つ》り上げて否定するだろうけれども。

正直、雅は行こうか行くまいか、迷っていたのだ。しかしこの写真を見つけたら、決心は固まった。

棗に言ったら、絶対に止められる。このバッグだって没収されて、その先はどうなるかわからない。

「すぐ近くだし」

自らに言い聞かせ、雅はこっそりマンションを出ると、ほんの二百メートルほどのところにある喫茶店へ向かった。店までは人通りの絶えない道だし、まだ暗くなるには十分すぎるほどの時間がある。

大丈夫だ。問題はない。

小さく頷いて、雅は店の中に入った。

マスターが一人で取り仕切っている店は、カウンターの他はテーブルが五つしかないこぢんまりとした喫茶店だ。郡司は、店の一番奥のテーブルに、入り口のほうに背中を向けて座っていた。よほど、喬済たちに見つかりたくないという気持ちが強いらしい。

「こんちは。あ、ホットのカフェオレ」

向かい側にすとんと雅が腰を下ろすと、郡司は手にあるセカンドバッグを見て、それから雅に目を移した。

「ありがとう。恩に着る！　いやー、雅ちゃんは可愛い上に優しいときた。俊介さん、感激してます。もーパンチいっぱいして下さい。蹴《け》ってもいい……！」

「それってマゾみたい」

ぼそり、と感想を言って、雅はじっと郡司を見た。

黙っているのは、きっとフェアじゃない。

「……中、見ちゃった。ごめん」

まず最初に謝れば、郡司はまじまじと雅を見て、やがて写真のことだと気づいたのだろうか、急に苦笑を浮かべて真面目《まじめ》な顔をした。

「俺がいいって言ったんだよ」

「でも……」

「写真のこと？　あれはね……うん。俺の唯一の所持品なんだよね」

「唯一？」

「そっ。俊介ってのは実の親がつけてくれた名前らしいけど、郡司ってのは、育ての親の名字。俺ね、ずっと自分が何者なのか考えてた。訊きたくても、本当の親はいずこやらって感じだし……それで超常現象のほうに興味持ったってのもある」

途中で、どうやらこれは告白らしいと気づいた。自分の出生の話で超常現象が出てくるということは——。

「つまり郡司さんも、なんか自分に特殊なもの感じてたってこと？」

「ちょいとねー」

歌うようにメロディーをつけて答え、郡司はポケットから小さなビデオテープを取りだす。そしてテーブルの上にそれを置くと、雅の目の前にまで押しだした。電話でも言っていた通り、雅に渡すと無言で告げているのだ。

「俺が処分することも考えたんだけど、そっちに任せるわ。これ持ってると、結構ヤバいんだよね」

「ヤバい……？」

「そーそー。企業が、これほしいみたいでさ。けっこーしつこいんだわ」

軽い口調で笑いながら言われても、まったく重みはない。冗談なのか、それとも実は本当なのか、それすら雅には判断がつかなかった。

店にいたカップルがレジで支払いをしているのを見ながら、雅はぼんやりと考える。彼らが出ていき、新たにサラリーマンふうの中年が入ってきてカウンター席に座ったところで、郡司の顔を見据えた。

「一緒に、マンションに戻ってみない？」

唐突な申し出に、郡司は面食らっていた。

「は……？」

「いまね、喬済さんは大学に行ってるから兄ちゃんだけなんだ。兄ちゃんはわりと冷静だし、大丈夫じゃないかな。喬済さんには、会う前にちゃんと説明すればいいしさ」

それも、棗の口から言ってもらえば、きっと大丈夫だ。雅が執り成したら、きっとまたヤキモチを焼いてしまうかもしれない。

郡司は、今度こそ本当に戸惑ったような笑顔になった。

「でも、雅ちゃん……」

「あのさ、おれね、郡司さんのこと信用してるみたいなんだ。いまだってほんとは状況的に疑わなくちゃいけないんだろーけど……うん、なんか、よくわかんないけど」

ぐっと身を乗りだす雅を、郡司は言葉もなく見つめている。呆気にとられているような顔が、やがて不敵な笑みを形づくった。

「決めた。俺、雅ちゃんの味方になるわ」

テーブルを挟んで、郡司は顔を近づけた。

「味方？」

「いや、実はね、そいつもらったら、そのまんまトンズラこいちまおうかなーなんて思ってたんだけどさ。うん、やっぱよすわ。こんないい子の雅ちゃんを見捨てて逃げたら男が廃《すた》るもんな」

笑う郡司の向こう側で、窓のブラインドが下ろされている。日が差しているわけでもないのに、客が勝手に下ろしているのだ。

どうということはない光景ではあるが、雅は少し違和感を覚える。

店内にいる客は、そのサラリーマン風の中年と、ラフな格好をした、郡司と同じ年くらいの男が三人だ。大学生にしては老けている彼らは、こんな時間から三人も固まってなにをするでもなくコーヒーを飲んでいる。

なんだかとても、嫌な予感がした。

「……ねぇ、郡司さん」

「俊介さんて呼んでほしいな。雅ちゃん、君のために俊介さんは全部しゃべりましょう」

「うん……でも俊介さん……」

こちらを向きながら一斉に立ち上がった三人を、雅は見つめる。

「……なんか、様子が変……」

ばたんと音がして、雅と郡司は音のしたカウンターのほうを振り返った。

そこには、腕捲《まく》りをして立っているはずの初老のマスターの姿はなくて、カウンター席に座っている中年サラリーマンが、スプレーのようなものを持っているだけだった。なにかガスのようなものを嗅《か》がされて、マスターはカウンターの内側で倒れてしまったのだ。

「げっ……深見《ふかみ》……サン」

中年サラリーマンの顔を見て、郡司はぎょっとした顔をした。

立ち上がった男のうちの一人が、店のドアに鍵をかけ、店内の照明も落としてしまう。外の明かりでそこそこ明るくはあるが、外から見たら、営業していないように見えることだろう。ドアが木製で見えないようになっているのも、彼らには都合がいいのだ。

郡司の態度からも、店内の様子を考えても、かなり状況的によくなさそうだった。

雅は急いでビデオテープを手に取った。

「困りますよ、郡司さん。まぁ、こうやって佐々元雅くんを呼びだして下さったことには感謝しますが……」

「つけてたのか」

「こちらも社命を受けて必死なんです」

にこりと笑う深見の顔を見て、雅は慇懃《いんぎん》無礼という言葉を思いだした。どうにも好きになれないタイプだ。

「実際に拝見はしてませんが、佐々元雅くんの力は素晴らしいそうで……。部下に、壊れた階段を見にいかせましたよ。なんですか、感情が高まると発揮するらしいですな」

人数的にも、位置的にも、雅たちは不利だ。相手はスタンガンくらい平気で使うことがわかっているし、それ以上の武器を持っていないとも限らない。

企業といっていたが、どんな会社だかあやしいものだ。まともじゃないことくらい、世間を知らない雅にだってわかる。

(やっぱ行き先、言ってくればよかった……)

典型的な後の祭りだ。

「いくらなんでも、店から連れだすのは難しいぜ。ここは人通りが絶えないからな」

「別にいますぐ連れだす必要はないんですよ。そのテープさえいただければ、それをネタに後から正式にご招待してさしあげます。佐々元くんも、公表されたりなんかしたら困りますでしょう?」

いちいち、雅の嫌いな言い方をする男だった。

ぷい、と顔を背けて、テープを握りしめながら雅は考えを巡らせる。

（テープって、叩き壊したくらいじゃ復元できちゃうよね。粉々にするとか、燃やすとかしないと……ああ、もう、なんでおれの力ってこんな役に立たないんだろ……！）

自由に使えるのなら、手の中のテープなんて木っ端みじんにしてしまうのに、壊れろと念じてもテープは無反応だ。

（ハッタリかましても、きっとすぐバレちゃうし……）

全部顔と態度に出てしまう自分を、雅はいまほど悔やんだことはなかった。嘘がもう少し、せめて棗の半分でもいいから上手だったのなら、きっと雅は自分の力をネタにして、彼らに脅しをかけただろう。

「テープを渡して下さい」

カウンターに肘をついて、深見は穏やかに命令した。

「嫌だ」

「そうですか。では……受け取れ」

あくまで、奪え、とは言わずに深見は部下に命じた。

雅はテープをシャツの下――ジーンズのウエストの部分に突っこむと、椅子を蹴ってカウンターを乗り越えた。そうして倒れているマスターを踏まないようにしながら裏手のドアを目指そうとした。

動きについてこられないだろうと高をくくっていたのに、深見は意外にも行動が素早く、雅はさっと伸びてきた手を躱《かわ》すことができなかった。

「あっ……！」

シャツの背中を摑まれて、脱走はあえなく失敗に終わる。走り抜けようとした勢いと、それを引かれた勢いで、雅は不様に転ぶはめになり、肘と膝《ひざ》をしたたか床にぶつけた。

痛みに雅は顔をしかめ、これは痣《あざ》になるな、なんてどうでもいいようなことを考えた。

「雅ちゃん！」

駆け寄ろうとした郡司を足止めしたのはラフな格好の二人だ。代わりに、カウンターをまわりこんで深見が雅の前に立った。

「大丈夫かな？」

差しだされた手を無視して睨みつけると、腕を摑まれて引っ張られた。立ち上がる間、雅はずっと腹部を腕で押さえるようにしてテープをかばった。そして隙さえあれば、ドアを目指そうと、油断なく目を配った。

ドアまでは、ほんの三メートルだ。大声を出したら、外に聞こえるかもしれない。

だが見透かしたように深見は笑った。

「店の前に車を止めて、エンジンをかけさせてあります。音楽も聞こえるでしょう？　助けを求めても無駄ですよ」

生理的に、深見の言い方が気にいらない。ムカムカするのに、感情はその程度で止まってしまっていた。以前より力の暴走がマシになったのは、こんなときにはかえって都合が悪いようだ。

深見は先ほどのスプレーを、雅の顔の前に持ってきた。

吹きかけられる瞬間に、雅は息を止めて顔を背ける。

なにかの拍子でまた雅の力が暴走することを恐れ、相手は意識を奪おうとしたのだろうが、それが雅の危機感に火を点《とも》した。

「っ……」

視界がはっきりとはせず、雅は目をしばたたかせる。

こんな状態で意識をなくすことへの不安と、わずかにガスを吸いこみ、身体が覚える眩暈《めまい》にも似た不快感。

怖い——。なにをするかわからない連中なのだ。喬済への仕打ちを思いだすと、恐怖と同時に激しい怒りが湧《わ》いてくる。

深見の手が腕を掴み、シャツを捲り上げてテープを抜き取った。

その瞬間に、すべての感情が跳ね上がった。

「なっ……」

なにかが壊れる音がした。

深見の手の中で、テープが粉々に砕け散ったのだ。プラスチックの部分だけでなく、中のテープ部分すらもはや原形を止《とど》めてはいなかった。

「……素晴らしい……」

感嘆の息を漏らした深見は、急に顔つきを険しくして部下たちを振り返った。

「予定変更だ。このまま彼を連れていくことにする」

テープはなくなった。復元不可能なのは明らかだから、残された手段は雅の身柄を確保するしかないというわけだ。

「それじゃ誘拐じゃねぇか！」

「郡司さん、勘違いをされては困る。私たちは、ただの企業です。彼には、少々協力を仰ぐだけですよ」

会話の間に、カタカタと小さな揺れが始まった。不自然な揺れだ。

「地震……？」

「いや、違うだろう」

これは雅の力だ。ガスを吸った身体はくらくらして、ひどく気分が悪くて、怒りや恐怖の感情が渦巻いているのに、効果的な力に変えることができない。

（喬済さん……！）

怖い、怖い。助けて。

無意識の叫びが、頭の中に響き渡る。声に出したくても、声にならなかった。

「運べ」

命じられ、一人の青年が雅に近づく。動かしたくても身体が動かない雅は、その青年に抱き上げられようとしていた。

「雅ちゃん……！」

「郡司さんも一緒に来ていただき……」

バキッ！　と凄《すさ》まじい音が深見の言葉を遮った。

裏手のドアが外から破られ、体当たりと共に店内に飛びこんできた人影は、バランスを崩すことなく、もう次の行動に移っていた。

「森くん！」

叫んだ声は、郡司のものだった。

雅を取り返そうとする喬済の前に、深見の部下が立ちはだかる。先制攻撃を仕かけたのは相手のほうだった。伸縮タイプのバトンを武器に、喬済に殴りかかった。

喬済に続いて入ってきた人間は、素早く動いて、もう一人の部下の身動きを封じにかかり、慌てて郡司も一番近くにいた男の腹に靴の爪先《つまさき》で蹴りを入れた。

深見を加えた二対一のハンデもあって、喬済は最初の一撃こそ腕で受け止めてしまい、傷

を負ったが、郡司が一人を片づけるころには早くも勝負を決めにかかっていた。振り下ろされたバトンを躱し、喬済は右の肘で相手のこめかみを狙って一撃を加えた。大事には至らない程度の手加減をすることは忘れず、続けて深見の腹にも拳を叩きこむ。

　喬済が腕に雅を奪い返すまで、時間にしたら、ほんの数秒のことだった。

　店内の揺れは、もう収まっていた。

「雅！」

「う……」

　平衡感覚がおかしくなってしまったように、頭の中はぐにゃぐにゃだ。あまりの気分の悪さに顔を歪《ゆが》めながらも、雅は喬済の首にしがみつく。嘘みたいに力は入らなかったが、なんとか腕は持ち上がった。

　しっかりと雅を腕に抱きながら、なにをされたのかと相当に心配そうな顔をする喬済へ、郡司は説明した。

「催眠ガスみたいの、ちょっと吸っちまったんだよ」

　途端に、喬済の表情が険しくなった。喬済の認識では、まだ郡司は十二分に疑うべき男なのだ。この状況だとて、いままでの様子を知らなければ、郡司が仕組んだと思っても仕方ないくらいだった。

「違……っ」

雅はぎゅっと腕に力を入れた。

喬済の注意が戻ってくるのを肌で感じながら、吐きそうになるのをこらえて声を振り絞る。

「俊介さん……味方してくれたよ。テープも、おれにくれて……」

「そうそう、言ってやって雅ちゃん」

安堵《あんど》の息をつく郡司を、喬済は変わらず睨みながらも特別になにか言うでもなく、また行動を起こすこともなかった。

裏手のドアから、棗が雅の見知らぬ男と一緒に入ってきた。

「外のほうは終了」

「こっちも問題はありません。動けない程度の暗示はかけました。あとお願いします」

先に喬済と入ってきていた男が、棗にそう言った。彼も能力者だということが、それで雅にもわかったが、同時に、記憶を操作するほどの力はないことも知れた。雅の知らない二人は〈委員会〉の能力者らしい。

「喬済さん、ケガ……っ」

左の腕がざっくりと切れているのを見つけ、雅は叫んだ。

「さっきのバトンに刃でも仕こんであったのか?」

郡司が近づいていきながら、床に転がるバトンを見やる。

もちろん、彼を見る喬済の目は、相変わらず非好意的だ。味方だと雅が弁護したところで、

個人的な態度に変化があろうはずがない。

郡司の手が喬済の左腕を触ろうとすると、とっさに露骨に嫌そうな顔をして喬済は身を引いた。

「あれ、接触嫌悪症は治ったんじゃ……？」

「治ってない。それに、あんたなんかに触れられたくもない」

「ああ……なるほど。雅ちゃんだけはＯＫってわけね。ま、いいけど。騙《だま》されたと思って、ちょいと我慢あそばせ」

郡司は赤い傷口に触れるか触れないかくらいの距離に手を置き、特に変わった様子も見せずにしばらく動かず、やがて手を退《ど》けた。

喬済が驚愕に目を瞠る中、郡司はテーブルの上から水の入ったコップを取った。そして喬済の腕に水をかけ、血を流してしまう。

傷跡ひとつない綺麗な皮膚が現れた。

「と、いうわけだ、雅ちゃん。これが、俺ってちょっと変だぞ、と思った理由」

「治癒能力者なのか」

ふーんと、感心した様子で棗は呟いた。

「……完治できるんだ。しかも、負担がない……」

ぼそりと喬済は言った。

確実に〈委員会〉の能力者よりも強力なのだ。跡形もなく治してしまい、しかも力を受ける身体に負担がかからない。それは喬済が平気で立っていられることで立証されていた。

「そっ。たぶん、雅ちゃんの気持ち悪いのも治せると思うんだけど、やり方がよくわからないんだよな。ケガみたく、場所がここってわけじゃないから……あ！　ガス吸って気持ち悪いなら、やっぱ吸ったとこからかも」

ぽんっと手を叩いて郡司が声を弾ませる一方で、喬済はすぅっと目を細めた。冷えた空気が漂った。

だが雅が意味を悟ったのは、次の郡司の言葉を聞いてからだった。

「キスだな、雅ちゃん。キスしよう」

「え……？」

「気持ち悪いの、治したいだろ？」

「い……いい」

慌てて雅はかぶりを振った。

あんまり喬済を刺激してくれるな、というのが雅の正直な気持ちだった。郡司の態度は多分に冗談であるから、雅自身は深刻にもならないが、雅の恋人は見た目からは想像できないほどのヤキモチ焼きなのだ。

「も、もう平気になってきたみたい……うん」

大丈夫と頷いて、雅は笑みを浮かべる。実際、少し前よりもよくなってはきている。それは喬済の腕の中にいるという、精神的なものも作用しているのかもしれないが。

「まぁそう遠慮せず」

「近づくな」

「森くんも、そうカリカリしないでさー」

無神経なんだか故意にからかっているんだか不明の郡司と、どうにも無視できないらしい喬済の間で、なすすべもなく雅はハラハラしていた。下手なことを言ったら、ますます空気が悪くなりそうで、黙っているしかなかったのだ。

そんな三人をよそに、棗はふうと大きな息をついた。

「後始末が大変だな……」

店のことを言っているわけじゃないのは、様子を見ればわかる。数人が暴れたとはいえ、ドアを除けばそれほど壊れたものはない。大急ぎでドアを取り替え、マスターに暗示をかけておけば隠匿できるだろう。

棗はもう一度、溜め息をついた。

「なぁ？」

棗は郡司をちらっと見た。

途端に、いままでにこにこ笑っていた郡司が、胸の高さで手を挙げて棗に向き直った。

「はいはい。もちろん責任持って同行させていただきますですよ」

おどけてみせながらも、郡司は低姿勢だ。やはり今後のことを考えてか、棗には逆らわないでおこうという腹づもりらしいと、疎い雅でさえわかってしまう。

「あ、おれも……」

「抱っこされながら言うセリフか。おまえはじゃまだ。帰りなさい」

棗の一言に、雅はカチンとくる。

「行く！　だっておれのことだもん。人任せにすんのは嫌だ」

「雅」

じろりと棗に睨まれそうになり、慌てて雅は視線を逸らした。直観的に、また暗示を使おうとしているのはわかってしまったのだ。

今度こそ、気をつけなくてはいけない。この間のように、思わぬ言葉に驚いて、棗の目を見てしまうようなことは……。

（あれ……？）

雅は眉をひそめて、記憶の糸を手繰り寄せた。

あのとき、三階の廊下で言われた言葉。雅を心底驚かせてしまうような、思考が止まってしまうような、そんなことだったはずだ。

だが浮かんでこない。喉まで出かかっている、なんていうほど近くにあるものではなく、手が届かないほど遠くにあるものだった。

（……思いだせない……）

雅はそーっと、盗むように棗を見た。だがそのときには、すでに棗の視線は雅に向けられていなかった。

「あとはこちらに任せてもらっていいですよ」

棗と一緒に入ってきた人間が、喬済を見てそう微笑《ほほえ》む。そして喬済よりもいくつか年嵩《としかさ》の彼は、先に入っていたもう一人と事後処理に入った。

それを見て鷹揚《おうよう》に頷いた棗は、雅ではなく喬済に目をやった。

「喬済くん、雅をつれて戻っててくれ。間違いなく今日中には戻れないだろうから、よろしく頼む」

棗にはマスターをはじめとする五人に、暗示をかけるという役目が残っているのだ。それが終わったら、今度は報告のために、喬済の父親が待つ場所へと行くのだろう。

「はい」

喬済は慎重に雅を下ろし、身体を支えながら自分の脚で立たせた。

「歩けそうか？」

「うん。ゆっくりなら大丈夫」

「そのままお姫様抱っこで行けばいいだろう？」

棗は振り返って真顔で言ったが、これは間違いなく揶揄《やゆ》だ。確かめるまでもなくわかってしまう。

「兄ちゃん！」

「それはちょっと目立つんで……。じゃあ、お先に失礼します」

「あ、ちょっと待って。森くん、今度は真面目だから怒るなよ」

郡司はそう言うなり、雅の首に手をやった。そしてちょうど脈を診《み》るようにして指先を当てる。

「な、なに？」

「多分、いけると思う」

時間にしたら、ほんの数秒だった。郡司の手が離れたときには、ふらついていたはずの身体はしゃっきりとしていたし、気持ちの悪さは嘘のように消えていた。

雅は大きく目を瞠る。

「はい、終了」

「あ……ありがと。でも……」

この男も嘘つきだったかと、雅は口を尖らせた。やり方がわからないだのキスだのと言っていたのは、やはり雅や喬済をからかっていたのだ。

「行くぞ、雅」

「う、うん」

言いたいことがないわけではなかったが、雅は喬済に促《うなが》されるまま、おとなしくマンションに戻ることにした。


「おれ……まだ家出中なんだけど。それにもう元気だし」

自分の部屋のベッドで横になり、雅は椅子《いす》に座っている喬済を見上げた。

大丈夫だと言っているのに、結局こうして寝かされてしまったのだが、それは喬済の部屋ではなく雅の部屋だった。これでなし崩しに家出の件は終わってしまいそうな気がするが、かえって都合がいいかもしれない、と思うのも確かだ。これなら喬済が強制的にここへ連れてきたんだという言い訳が立つ。

ふっと息をついて、雅は記憶を手繰ろうと試みた。

「難しい顔してなに考えてるんだ?」

「ん……この間、兄ちゃんになにいわれたのか、どうしても思いだせなくてさ……」

これだけ頑張っても出てこないと言うことは、棗が故意に深く――というより見つけられないように記憶をしまいこんだとしか考えられない。だったら考えるだけ無駄だ。残された方法は、棗に直接聞くことだけだ。

「ほんとに兄ちゃんて嘘つきなんだからさ……」

「それなりの理由があるんだろ。知らないほうがいいことだって、あるさ」

「同じようなこと言う」

雅は口を尖らせて、もう一度溜め息をつくと、話題を急に切り換えた。尋ねたいことがいくつかあるのだ。

「喬済さん、あの人たちって〈委員会〉の人だよね？」

店にいた二人を指して雅は尋ねた。

「ああ」

「年上っぽかったけど、なんか喬済さんに丁寧語とか使ってたじゃん。それって、お父さんが〈委員会〉の偉い人だから？」

「ていうか……俺の配下で動いてるから、一応そうしてるんじゃないかな。俺のほうが年下なんだからいいって言ってんのに、ああなんだよ」

喬済は溜め息まじりに、いかにも居心地が悪いのだといった顔をした。

その気持ちは、朧気《おぼろげ》ながら雅にも理解できた。自分より年上の人たちに、まるで目上の人間に接するような態度を取られたら、きっとむず痒《がゆ》い感じがするだろう。しかしながら、もし雅がされていたら第三者の目にも違和感があるだろう光景が、不思議と喬済だと自然に見えた。だからといって喬済の態度は大きいわけではなかったし、偉そうにもしていなかったはずだ。

「なんか、すごいね」

「なにが？」

「ええと……なんか漠然と。あ、あと訊きたいこともうひとつ。なんで、おれがあそこにいるってわかったの？」

「棗さんの患者が教えてくれたんだそうだ」

「患者さん？」

きょとんして、雅は喬済を見つめた。てっきり〈委員会〉がなにか動いていたのだろうと思っていたので、患者とは予想外だった。

「雅が喫茶店に入っていくのを見て、平日のこんな時間にどうしたんだろうって不思議に思ったらしい。で、それを治療のときに聞かされて、棗さんが俺に連絡してくれたんだ。棗さんが言うには、あの店は閉めるときは必ず〈ＣＬＯＳＥ〉の札を出すそうだから、おかしいなと思ってさ」

「よく知ってんなぁ……兄ちゃんて、そういうとこぬかりないんだよね」

いまごろ、棗はあの店にいたすべての人間の記憶を、問題の残らないように操作しているのだ。それから郡司や、あの深見から企業のほうまで辿《たど》って、関係者すべての記憶の中から今回のことを消す作業をしなくてはならないらしい。

もしかすると今日どころか、明日も明後日《あさって》も棗は帰ってこられないんじゃないだろうか。

雅はそう考えて、喬済の顔をじっと見た。

「泊まってく？」

「ここに？」

「そ……それでも、いいけど……」

客間を考えていた雅は、思わぬ切り返しにうろたえる。

同じベッドで、ということになると、やはり肌をあわせるに至りそうだが、それも少し不謹慎かと思ってしまう。なんといっても、棗や郡司たちは現在も必死でフォローに奔走しているのだから。

黙りこんだ雅の肩に手を当てて、喬済は考えていることを読み取った。

そして嘆息をこぼした。

「泊まったら必ずセックスするって認識なんだな」

「っていうか……だって喬済さん、ゆうべだってヤキモチ焼いて寝かせてくんなかったし、さっきも俊介さんがちょっとふざけただけで……」

「そういえば、いつから『俊介さん』になったんだ？」

急に、喬済の声が低くなる。

「そんなこと気にしないでよ。だって呼べってゆーし、喬済さんだってそうやって名前呼ばせたくせに」

そんなに狭量でどうするんだと言いたかったが、言う前に唇は喬済に塞がれてしまい、頭の中で文句を言うはめになった。

ひとしきり雅の口腔《こうこう》を味わった後、喬済は少し唇を離した。

「他の誰にもこんなことしたくないし、できないし……だから、俺は雅に関することは全部自分のものにしたいだけだよ」

囁きは、テレパスじゃなくてもダイレクトに心に響く。嬉しい気持ちを一生懸命に抑えつけ、雅は顔だけは険しくしてみせた。

「ちょっと訊いてもいい？　おれが好きだから、触っても平気なの？　それとも触れるから、ちょうどいいやって、好きになった？」

卵が先でも鶏が先でも、いまとなってはどちらでもいい雅だったが、返事は是非とも訊いてみたかった。

喬済はムッとした顔をして、もう一度掠《かす》めるキスをしてから答えた。

「好きだから、見てるだけじゃもの足りなくなったに決まってるだろ」

どちらでもいいが、やはりこちらの答えは嬉しい。期待通りの言葉に満足し、雅は照れくささ半分に微笑んだ。

「ワガママだなぁ。喬済さんてさ……」

「喬済、だ。俺は『さん』はいらない。何度もそう言ってるだろ？」

「えー？　言われてないよ。知らない」

雅は首を横に振る。とぼけているのではなく、本当に覚えがないのだ。それは雅に触れているいる喬済にも伝わっていた。

「そうか……」

「いつ言ったっけ？」

「してる最中」

端的な答えに、雅はぐっと言葉に詰まった。

「あのときはちゃんと『喬済』って呼んでるのにな……そうか、覚えてないのか……」

「も、もーいいっ！　おれ、昼寝する！　疲れちゃったしっ」

これ以上なにか言われないうちにと、雅は布団を被《かぶ》って背中を向けた。

「元気なんだろ？」

だがすぐに、肩を掴まれて仰《あお》向《む》けに戻されてしまう。そうしてひやりとする指が、首に当てられた。

「……なに？」

「ここに、触らせてた」

「えっ？」

なんの話だろうと思いかけ、郡司のことだと悟った。だがあれは雅からガスの影響を取り除くためで——。

「わかってる。でも、嫌なんだ」

「喬済さんて……駄々っ子みたい」

くすりと笑い、雅は布団から腕を出して喬済の頬に手を伸ばす。

だが逆の立場だったら、きっと喬済以上に雅は妬《や》いたかもしれない。たとえば若い女性の治癒能力者が、女性らしい細い指で、喬済の首に触れたとしたら、とても嫌な気持ちになって拗ねてしまうことだろう。役目の一環として、女性と関係を持ったことがあると聞いたときも、嫌な気持ちになったのだし。

「おれもだけどね」

「知ってる」

かすかに笑みを浮かべ、喬済はキスを落とした。以前よりもずっと変わるようになった表情に、つられるようにして雅も微笑んだ。

最初は軽く触れるだけ。次第に唇を開いて舌を預け、深いくちづけを交わす。

喬済とのキスは、それまで雅が知っていたキスとはまったく違った。ちょこんと触れるだけのキスならば、何度かした。一番最初は小学校の低学年のときに同じくらいの女の子と好奇心でしたし、中学でも同級生の女の子に、からかい半分に唇を奪われたことがあった。奪われるという言い方も情けないが、それ以外に言いようがない。だが、キスがこんなに気持ちいいものだなんて、雅はまったく知らなかったのだ。

しがみつくようにして喬済の首に腕をまわし、夢中で求める。だんだんと気分も変なふうに高まってきてしまう。

キスによって火をつけられた欲望は、もっと深くて濃厚な交わりを求め、雅の身体を熱くさせる。触れあって、身体を繋いで、喬済だけ感じたかった。

「は……喬、済……」

「ごめん。止まらない」

「うん。しよ……？」

雅が掠れた声で囁くと、むしゃぶりつくようにして喬済は首に顔を埋めてきた。布団を剝ぎ、シャツの下から手を入れて、小さな粒を探り当てて尖らせていく。

指の腹で乳首を揉《も》まれ、鎖骨を舌先で舐められる。どちらも気持ちがよくて、うっとりと目を閉じた。

「ふ……ぁ、ん……」

優しく揉まれる間に、きゅっと摘《つま》まれたり引っ張られたりすると、じわんとした甘ったるい痺《しび》れが腕のほうにまで広がっていく。弄られれば弄られるほど、もっとしてほしいと思ってしまう。

なんだかとても、もどかしい。

喬済は指を動かしながら、口を使って器用にボタンを外した。そうして露《あらわ》にした胸の突起を、唇ですっぽりと覆い隠す。

「ぁんっ……」

気持ちよくて、雅は鼻に抜けるような甘えた声を上げた。

唇に包まれ、舌先で転がされると、敏感なそこから身体がゆっくりと溶けていってしまいそうな気がする。抱かれ始めてまだ日は浅いが、身体は急速に目覚め、喬済との行為に慣れてきていた。

刺激のひとつひとつを無視できない。軽く歯を立てられると、びくっと大きく震えながら喘いでしまう。

「だめ……そこ、ばっか……や……」

よくて仕方ないのに、口が勝手にそんなことを言ってしまう。続けてほしくて、でももっと違うところも触ってほしくて、自分でもどうしたらいいのかがわからない。もっと深い部分が疼《うず》いて、じっとしていられない。

多分そんなジレンマすらも、喬済には隠しておけないのだろうけれども。

「いいよ。もっと……下?」

胸元で囁かれ、雅は小さく何度も頷いた。

口で胸を舐めたり吸ったりしてくれるのはそのままで、喬済は指先を雅の下肢へとそっと伸ばした。

そのときになって初めて、雅は自分がすっかり裸にされてしまっていたことに気づく。

触られてもいなかったのに反応していた部分を指で擦られると、たまらず濡れた声が漏れる。身体中から力が抜けてしまう。

だが、いまの雅がほしいのは、もっと奥だ。さっきから疼いて仕方ない、部分――。

「ぁあ……ん……」

すっと離れていった指がゆっくりと秘められた場所に触れる。まるでノックするみたいに触られると、自分でも浅ましいと恥ずかしくなるほど、そこがひくついてしまう。

乾いた指は、何度かそこを撫でただけで離れていってしまった。

くるりと身体をひっくり返されて、わけがわからないうちに尻《しり》の狭間《はざま》を露にされる。

ぴちり、と音を立てながら、濡れたものが触れてきたとき、雅はその気持ちよさに陶然とした。

「な、に……」

指とはまったく違う感触に、肩越しに振り返ってみた。半ば無意識に近かったのだが、次の瞬間に我に返った。蕩《とろ》けそうなほど細められていた目を大きく瞠り、雅はそのまま固まってしまう。

触れてくるものの正体は、舌だった。

「やっ……」

とっさに這《は》いずって逃げようとしたが、喬済によって押さえつけられてしまい、枕を握りしめるに終わる。耳を覆いたくなるような、いやらしい音が聞こえてきて、雅は半泣きになりながら許しを請うた。

「だめ、そんなの……だめ……」

「どうして？」

かかる息にさえ、反応してしまう。

いままで何度か喬済に抱かれたが、いつも潤滑剤を使ってくれた。指で中を弄られたりはしたが、まさかそんなところを舐められるなんて、想像したこともなかった。

舌先が動く度に、ぴくんぴくんと小刻みに震えてしまう。「イヤ」と口では言いながら、身体はごまかしようもなく喜んでいて、舐められれば舐められるほど、身体に力が入らなくなっていく。

「ひぁっ……ん」

ほぐされたそこから、舌が中へ入りこんできた。軽く出し入れされて、雅は泣きながら甘く喘いだ。

本当に溶けてしまいそうだった。

しゃくりあげる雅の、息とも声ともつかないものと、喬済の舌の音だけが、室内に響く。

指を入れられたときは、正直ほっとした。やっと覚えのある感覚になったと思った。

喬済の長い指が、舌では届かない奥まで入りこむ。最初はどうしても覚える異物感が、やがては違う感覚に変わることを知っている。

「はっ……ぁ、あ……」

一本、二本と増やされる指に翻弄《ほんろう》され、声を上げる以外になにもできなくなったころ、喬済は雅の中から指を抜き、そのまま力の抜けた腰を高く引き上げた。

喬済は背中から覆い被さるようにして身体を繋いだ。じりじりと喬済のもので開かされる感覚に、雅は声を上げる。

ひどい痛みではなくても、楽に受け入れられるほど慣れてはいない。それでも、高まった雅のものは萎えることはなかった。

深く入りこんだところで、一度動きが止まった。宥《なだ》めるようなキスが肩や背中に降るのはいつものことだった。

「大丈、夫……」

振り向くことなく頷いてみせると、ゆっくりと喬済は動き始めた。

ゆっくりと穿たれて、最初に痛みだと思っていたものが、まぎれもない快感へと変わっていく。前も手で弄られているから、もともと弾ける寸前まで張りつめていた雅は、何度めかに突き上げられたとき、びくっと大きく震えて達してしまった。

繋がった腰だけ高くして倒れ伏し、雅は瞬間、意識を飛ばしていた。

「ぅん……っ」

喬済のものが抜かれ、身体を仰向けに戻されてから、また貫かれた。今度は痛みもなく、ひたすらの快楽だけがあった。

深く交わったまま中をかきまわされ、雅は濡れた悲鳴を上げる。

雅は救いを求めるように喬済にしがみつき、なすすべもなく快楽の渦の中に呑みこまれていくしかなかった。

好きだと、何度も心の中で繰り返す。

ドキドキするくらい大好きで、とても大事で、ずっと一緒にいたい人。そして雅のことを必要としてくれる人。

「喬……済さ……」

うっすらと目を開けると、優しげな表情で雅を見ていた喬済は、故意に怒ったような顔をした。

「喬済、だろ」

「んぁ……っ！」

意地悪をするように大きく深く突き上げられ、同時に乳首を摘まれた。

身体はもうどこもかしこも過敏といっていいくらいで、雅はしゃくりあげながら、快感にのたうった。

さっき達したばかりだというのに、また限界が近くなっている。

「雅……」

耳元で囁かれ、抉られるかと思うほどの激しさで突かれた。

「ぁああっ……！」

頭の中が、白く塗りつぶされる。

身体の深いところで熱い奔流を感じながら、雅は意識をゆっくりと沈みこませていった。

喬済と二人で「留守番」をし、二度目の朝も一緒に迎えた日の昼過ぎ。自分の部屋から持ってきたパソコンを見ていた喬済はそれを閉じると、いくらかほっとしたような顔で雅のベッドに腰かけた。

「全部、終わったみたいだ」

「あ、ほんと？　じゃあ兄ちゃんは帰ってこれるのかな」

「どうかな。親父は、これから報告に来るだろうから、明日には帰ってもらえる……ようなこと言ってたけどな」

喬済の説明を聞きながら、雅は漠然と大変そうだ、と思う。

今回のことを知っている関係者全員を割りだし、彼らに暗示をかけて、アナログデジタルを問わず、残っているデータを抹消する。もちろん棗の役目は暗示をかけることだけだが、もう丸二日帰ってこないあたり、なかなか大変な作業のようだ。

しかしそれももう終わりだという。

今回の件は、すっかり片づいてしまったのだ。

雅は喬済の隣に座り、うつむいた。

「……また引っ越すんだよね……？」

さりげなく、雅はずっと引っかかっていたことを口にする。なるべく深刻にならないように、天気の話でもするようにさらりと言わねばと気を遣って口にしたのに、喬済の返事はあっけなかった。

「誰が？」

まるで自分のこととは思っていない顔だった。

「だ、誰って、喬済さん」

「なんで」

「だってさ、今回のことのために来たわけだろ。片ついたら、もうここにいる必要もなくなるわけだし……」

「このままこのマンションで暮らすって、親父にはメールを送った。俺が責任持つってことで、雅のことはいままで通りでいいってことにもなったんだ。前ほど爆発しなくなったのは確かだし」

「え……」

「必要がなきゃ、ここにいちゃだめか？」

不満そうな喬済に、慌てて雅はかぶりを振った。

「そ、そうじゃなくて……っ」

「どうしてもなきゃいけないなら、雅がいるから、って理由つけるけど」

言葉半ばで、雅は喬済に抱きついていた。いまの気持ちは言葉よりも直接伝えたほうがいい気がして、思いきり感情を流そうと思った。

「よかった―……だっておれ、ずっとそれ考えてたんだ」

「ずっと……？　気がつかなかったな」

思考や感情を隠しきれないはずの雅から、いままで読み取れていなかったことに、喬済は怪訝そうな顔をした。

雅は喬済の顔を見ながら、タネあかしをする。

「実はバレないように、兄ちゃんに暗示かけてもらってたんだ」

へへ、と笑うと、喬済は深い溜め息をついた。

「そういうことに、能力使わせるなよ」

「いいんだよ。その代わり、兄ちゃんのこの間の暗示のことは追及しないであげるんだ。きっと隠しておかなきゃなんないことだってあるんだよ」

わかったような顔をする雅を、喬済はまじまじと見つめた。

「ずいぶんものわかりがよくなったな」

「喬済さ……喬済がそう言ったんじゃないか。あんまりゴチャゴチャ言ってると呆れられちゃうだろ」

雅がもの慣れないふうに言い直すのを聞いて笑みを浮かべた喬済は、そっと雅をベッドに倒して、パジャマの襟元に顔を埋めた。

雅は黙って目を閉じて、喬済の頭を抱えこむ。

着衣が互いにすっかり乱れ、雅の顔が火照《ほて》って目が潤み始めたころ、はっとして喬済は雅の胸元から顔を上げた。

「な……に？」

「帰ってきた……」

「え、聞こえないよ」

雅の言葉が、ノックに重なった。

返事をする前に、ドアは開いていた。

棗と、それから郡司が開いたドアから現れる。

「ただいま」

「お……おかえり……」

とっさに言葉を返せたことを自賛したくなった。まだ本格的ではなかったにしろ、濡れ場に踏みこまれ、雅はかなり動揺しているのだ。

棗は腕時計を見て、やれやれと言わんばかりに溜め息をついた。

「ちょうど五十七時間ぶりだな。人が必死に事後処理をしてたのに、学校へも行かずになにをやってたんだか……」

学校へ行かなかったのは事実だが、それは喬済の父親から、片がつくまでもう少し待っているように言われたからだ。棗の、まるでずっとこんなことをしていたような言い方に、雅は慌てた。

「だ、だって喬済のお父さんが、まだおとなしくしてろって！　それに、帰ってくるの明日なんじゃ……」

「誰が言ったんだ？」

棗の問いに、喬済は溜め息で答えた。父親の言葉は、あくまで彼個人の見解にすぎなかったというわけだ。

「……がーん、ショック……雅ちゃんてバージンじゃなかったんだ」

棗の後ろから部屋の中を見て、郡司は芝居がかった調子で呟いた。

途端に喬済の雰囲気が険しくなった。郡司の言うことは、いちいち喬済の神経を逆撫でするようだった。

「まぁ、いい。とにかく、終わったからな。ついでに、郡司くんの母親もほぼ特定できたんだ。もう亡くなってるが、こっちの血筋だった」

「やっぱり」

雅は声を弾ませて、郡司を見やった。

「よかったね」

「おかげさんで。どうやら俺、能力シャットアウトの特技もあるみたいよ。で、身の振り方も決めて参りましたわ」

棗に続いて郡司まで部屋に入ってきて、その上で言葉の続きを口にする。視線は雅から喬済へ移り、それからまた雅に戻った。

「三〇二号室は、スポンサーあって借りられたものだから、こうなるともう出ていくしかないわけよ」

金ないし、と明るく郡司は笑う。

喬済が内心、出ていけと思っていたことは、雅には気づかぬことであったが、棗と郡司には気配でわかることだった。

だから郡司は、喬済の顔を見た。

「だもんで、有事の際には〈委員会〉のために働かせていただいて、その条件としてここの家賃は払っていただくことにいたしました」

「へぇ、そうなんだぁ」

にこにこと笑う雅の横で、喬済は苦虫を噛み潰した顔をしている。雅にはそれなりに嬉しいことでも、喬済にしてみれば舌打ちしたくなるようなことなのだ。

「森くんは実家に帰んのか？」

「あ、それがね……」

笑顔で説明しようとする雅の、はだけたままのパジャマの前をかきあわせ、喬済は細い身体をしっかりと腕に抱いた。

理性は強いものの弟を愛して止《や》まない実の兄と、どこまで本気か知れないふざけた男が、恋人の近くに常にいる状態――。

喬済が心穏やかでいられるはずはなかった。

「俺もこのまま住むことにしたんで、今後ともよろしく」

引っ越しのできない理由がもうひとつできた喬済は、雅を抱きしめる腕に力をこめて、二人の男を牽制《けんせい》した。

夜の途中

「難しい顔して、どうかしたの？」

雅《みやび》は隣で難しい顔をしている喬済《たかずみ》を見つめながら、そっと尋ねた。

体温さえ感じられるほど近くで寝ている恋人は、仰向《あおむ》けになって頭の後ろで手を組み、天井を眺めていた。

ここは喬済の部屋だ。雅は週の半分ほどこちらに泊まり、同じベッドで朝を迎える。もちろん眠りにつく前には、恋人としてやることはしっかりやっている。今日もひとしきり抱きあった後、うとうととしていたところだった。ふと目が覚めて喬済を見たら、喬済はひどく真剣な顔で天井を睨《にら》んでいたのだ。

声に反応して、喬済は視線を雅に戻した。

「雅の力は、どういう基準で出るのかなと思って、考えてた」

「基準？」

「ああ。怒りだけ、ってわけじゃないんだよな。驚いたときにも出たことがあるだろ。後は恐怖か。でも、少なくとも性的な興奮は引き金にならないみたいだし……」

「なっ……」

カーッと顔が赤くなる。金魚のようにぱくぱくと口を動かし、雅は真顔で呟《つぶや》いた恋人を見つめた。

「真面目《まじめ》な話だよ。からかってるわけじゃない」

「わ……わかってる、けど……」

だからこそ、いたたまれない。

以前にも棗《なつめ》が同じ疑問を抱いていた。だが兄と恋人では、同じことを言われても衝撃の質が違った。

「もしかして、最中にそんなこと考えてた……とか？」

「まさか。そんな余裕ないよ」

「なら、いいけど……」

安堵《あんど》に胸を撫《な》で下ろし、雅は大きく溜《た》め息をついた。冷静にそんな分析をしながらするというのは、絶対にやめてほしい。

肘《ひじ》をついて顔を上げ、じっと喬済を見つめる。すると長い腕が伸びてきて、胸の上で抱きしめられた。

「基本的に、引き金になるのはプラスの感情じゃないよな」

「あ……うん。多分ね」

「でも、俺を助けたときはそうじゃないはずなんだ。あのときは、俺を助けようと思って必死だったんだろ？」

「う、うん……」

大きく頷《うなず》けないのは、そのできごとに対して喬済ほど確信が抱けないからだ。あのとき抱いていた感情に間違いはないが、本当は雅の力などは関係なく、喬済の強運が彼を救ったのではないか。心の中にはそんな考えがあった。

「あれは雅の力だよ」

「けど、どっちみち一回だけだし」

「そうだな。雅の力が、二度と出ないでくれればいいんだけどな」

「え？」

喬済のスタンスが、〈委員会〉のそれとは違うことはわかっていた。だが彼が、ここまではっきりと雅の力について自らの意見を口にしたのは初めてだった。

「雅を、力が出る状態にはしたくない。当然だろ？」

怒りも恐怖も与えたくはないのだと喬済は言う。その気持ちが嬉《うれ》しくて、雅は喬済に抱きついた。

力を自在に操れるようになりたいと、雅自身は強く思い続けている。それは、大切な人たち——特に〈委員会〉のことでよく動く喬済に危険が迫ったときに、守れるようになりたいからだ。

「おれだって……」

「もし雅が、自分の力を自由に使えるようになったとしても、俺は〈委員会〉には関《かか》わらせたくないって思ってる」

「そうなの……？」

「そもそも棗さんが許さないだろうけどね」

「それは……まぁ……」

棗のスタンスは一貫している。仕方なく協力したものの、雅が関わっていなければ絶対に頷かなかっただろう。だが二人の能力者が自分のマンションに住むことに関しては、意外にも寛容な姿勢を示している。喬済に関しては、雅の気持ちを酌んでいるからだし、郡司《ぐんじ》に関しては、何かあったら治癒能力を当てにしようという打算があるからだ。

「兄ちゃんも、ちゃっかりしてるよな。〈委員会〉の金で、体《てい》よくさ……」

言いかけて雅は黙りこんだ。ふいに頭の中に疑問が浮かんだのだ。話を聞く限り、〈委員会〉というのは生産活動をしているわけではない。消費するばかりのような気がする。喬済は学生だが、能力者たちは社会人のほうが多いはずだし、彼らが動くときの資金だとか、仕事を休んだ場合の保証などは、どうなっているのだろうか。

雅はじいっと喬済の顔を見つめた。

「あのさ、〈委員会〉って、かなり金あるよね？　どういう仕組み？」

いきなりの問いだったせいか喬済は面くらい、少ししてから大きな溜め息をついた。まさか肌をあわせた後の会話――つまりはピロートークで、こんな話が出るとは思わなかったのだろう。

「先祖代々伝わってる財産とか、そういうの？」

きらきら目を輝かせる雅に、喬済は苦笑を浮かべた。

「そんな大層なもんじゃない」

「じゃ、何？」

「……特殊能力の種類によっては、金を儲《もう》けることもできるというか……」

「まさか犯罪……！」

「いや、そうじゃなくて。完全な予知能力者はいないけど、異常に勘が鋭いやつならいる。ってこと」

「えー……あ、宝くじとか？」

所詮《しょせん》、雅の発想ではそれくらいが限界だった。

「株とか相場とか……外貨だよ」

「え、なんか……」

と言いながらも言葉は続かない。秘密結社だのフリーメーソンだのといったあやしげな言葉のイメージが、がらがらと崩れていった。

「思ってたより俗っぽかったか？」

「う……うん」

「親父が作った会社もあるから、雅が会った連中の中には社員もいるよ。そうしないと、急場をしのげないだろ」

「か、会社……」

「いろいろ細かいこともやってるけど、ようするに〈委員会〉の中身はただの互助会だ。大昔に埋蔵金を探し当てたって話も聞いたけど、どこまで本当なのかは知らない。〈委員会〉って呼んでるのだって、もとはといえば、雅の親父さんが皮肉って言い出したのが始まりらしいし」

「マジで？」

雅はほうけた顔で聞いていた。予想していなかったことばかりだった。

「そっかぁ……でも、埋蔵金っていうのは、ちょっと秘密結社っぽいよね」

「秘密結社ね……」

怪訝《けげん》そうな――というよりも理解できないという顔をした喬済のことは気にもせず、雅は金脈とか鉱脈とかも見つけたりしたのかなぁと、一人で突っ走っていた。つまり雅は秘密結社というものに対して、「なんとなく秘密っぽい」という以上のイメージを持っていなかったのだ。

「でも、いいよなぁ。そういうの見つけられる人って、きっとテストとかも楽勝だったりするよね」

「雅……」

笑いながらの呆《あき》れ顔になった喬済に、雅はごまかすような笑みを浮かべた。

「ウソウソ、冗談」

「……本気だっただろ」

「え？　あ……」

喬済の表情が意味するものに、雅はようやく気づいた。長くて綺麗《きれい》な指先が、肩に触れていたからだ。とっさに雅は身を引いて喬済から離れた。

「読んじゃだめだって言ったのに！」

「こういうのはいいんだ」

「屁《へ》理屈！」

ビシッと指を指すと、その手を摑《つか》まれ、伸ばした指先をぱくんと口に含まれた。「ひゃっ」という変な声が出てしまったのは仕方がないことだろう。

指に絡む舌に、ぞくぞくとした快感が奥底から這《は》い上がってくる。

「ちょ……っ、ぁ」

思わず目をつぶってしまった。するとますます指先の感覚は強くなって、雅はぶるっと全身を震わせた。

普段の彼を見ている限り、いたずらなんて絶対にしそうもないのに、実はこんなふうに他愛もないことを仕掛けてくることも多いのだ。

このままでは、また三十分前の状態に戻ってしまう。現に身体の奥がざわざわと騒ぎ始めてしまっていた。

「だめ……！」

手を引っこめると、意外なほど簡単に口を放してもらえた。だが手は摑まれたまま、シーツに押しつけられる。

雅を見下ろす目は優しい色をしているが、それだけではなかった。

欲望の色が確かに見える。喬済の欲望はギラギラしたものではないが、溶かされてしまいそうなほど熱い。

摑まれた手から、力が抜けた。ここで抵抗したり、いやだと言えるようなら、雅は今よりずっと自分の部屋で眠っているはずだ。

「だめなのか？」

わかっているくせに問う恋人に、返事はしてやらない。読み取るまでもなく、態度や表情で察しているはずなのだから。

今こうして自分に触れている男のことが、好きで好きでたまらない。触れたい、触れてほしいと思う気持ちは際限がなくて困る。

「雅……」

重なる唇に目を閉じて、そのまま深く結びあう。これで今日は何回めだろうと頭の片隅で思い、すぐに意味のないことだと追い出した。どうせ明日は休みだし、予定も何もないのだから、どうなろうと知ったことではない。

両腕で喬済に抱きついて、舌と身体《からだ》を絡めあっていると、いきなり無粋なインターフォンが鳴った。

「え……」

時刻は夜の十一時すぎ。常識的に考えて人が訪ねてくる時間ではない。

雅の気はインターフォンのせいで逸《そ》れてしまったが、喬済は無視してキスを唇から首へと移した。

キスはあまり強くない。痕《あと》を残してしまうと雅の学校生活に支障を来《きた》すので、加減しているのだ。これは二人の間の約束ごとだ。雅が体育の着替えの際、非常に焦るはめに陥ったことがあったので、以来これだけはと頼んでいるのだった。とはいえ、何度かその約束は破られていて、そのたびに雅はむくれていた。

「に、兄ちゃんかも……」

「あの人は直接来ないだろ」

「じゃあ俊介《しゅんすけ》さんだ」

もう一つの可能性を口にすると、喬済はチッと舌を鳴らした。インターフォンが鳴ったときから、彼はわかっていて無視したのだ。

「どうせ、たいした用じゃない」

「なんか……ドアをガチャガチャやって……あ、止まった」

ぴたりとドアノブを動かす音はやみ、それきり静かになった。さすがに喬済もその気が失《う》せたのか、珍しく不機嫌そうな顔をして、壁を——つまりは郡司がいたであろう方向を睨んでいる。

喬済が感情を露《あらわ》にする相手は限られていて、雅を除くと郡司しか知らない。嫌いという感情とは違うらしいが、気に入らないのは確かなようだ。雅に対して下心はないと承知していても、その言動が不快でならないらしい。当の郡司は、むしろ喬済に対して好意的であるにもかかわらず。

「……あとで電話して聞いてみようっと」

「放っとけよ」

「いいじゃん。あ、おれ風呂入ってくんね」

雅はベッドから抜け出し、床に落ちていたパジャマの上を拾って袖《そで》を通した。そのまま行くのは、喬済の視線が気になってできなかった。

もう何度となくセックスをし、全裸どころか、身体の内側まで見られているのに、やはりこういうのは恥ずかしいのだ。だから隠すようにしてボタンを留め、少しふらふらしながら寝室を出た。

どんどん、と音が聞こえてきたのは、雅が廊下へ出た途端だった。

なんの音だろうと思いながらリビングに顔を出したら、ガラス戸の向こうがわに郡司が立っていた。

「な……何やってんの！」

ぎょっとして大きく目を瞠《みは》ったのは一瞬で、すぐに窓辺に駆け寄った。寝室で喬済が動き出す気配がした。

開けて開けて。そんなふうに郡司の口は動いている。大声を出さないのは近所への配慮というよりも、通報されないためだろう。

内鍵に指をかけたとき、背後から喬済の声がした。

「開けるな、雅！」

「え？」

言われたときにはもう指が動いていて、カチンという軽い音とともに鍵は外れた。

「やった！　さんきゅー雅ちゃん」

勢いよくガラス戸を開け、郡司はバルコニーから入ってきた。すると、いつの間にか側《そば》まで来ていた喬済が、隠すようにして雅を抱きしめて郡司に背中を向けた。

「いやいや大丈夫。見たいけど見ないから。今はね、こっち優先」

言葉の途中でテレビがつけられた。郡司はチャンネルボタンを押して、満足そうに床に座った。映っているのは、トーク番組なのかバラエティー番組なのかよくわからないジャンルのものだ。ゲストの守護霊だとか前世だとかの話をしているのを、雅も少しだけ見たことがある。

なるほど。郡司が好きそうな番組だ。

「もしかして……それ見に来たの？」

「うちのテレビとレコーダー、配線弄《いじ》ってたら映らなくなっちゃってさー。ドラマと違ってこういうのは再放送しないからね」

さも当然のように理由を語っているが、これには喬済だけでなく雅も呆れてしまう。

腕の中で、ちらっと見上げると、喬済は不機嫌な顔をしていた。そしてその顔にぴったりの低い声で言う。

「不法侵入で通報されたいんですか」

「いやー、それはやめて。これ終わったらおとなしく帰るんで、お願いします。俺ほんとにこれ大好きなのよ」

「……雅、風呂入ってこい。出てくるまでに、追い出しとくから」

「勘弁して。つーかさ、なんで森《もり》くんち、ビデオもレコーダーもないの」

「必要ないんで」

テレビだってニュース番組くらいしか見ないのだから、録画媒体など必要ないのだ。だが今このときばかりは、あればよかったと思っているはずだった。そうすれば、すぐにお引き取り願えたのだから。

「兄ちゃんに電話して、録《と》ってもらうね」

雅はリビングに置きっぱなしだった携帯電話を拾い上げ、下の階にいる棗を呼び出した。頼みごとはすんなり通り、電話越しに録画が始まったことを棗の口から聞くと、雅は大きく頷いて郡司を見やった。

「OKだよ」

「あー……それは助かるわ。ありがとな。けど……そんなに俺のこと追い出したいの？　早く続きしたいの？」

「へ？」

「いやぁ意外だったな。森くんはともかく、雅ちゃんはえっちに積極的じゃないと思ってたよ。いいなぁ、幸せそうで」

にやにやと笑われて、雅の顔に朱が走る。だが何か言うよりも早く、喬済が低く言葉を放った。

「下世話だな」

「独りモンのやっかみ、ってことで。ほんと、いいよなぁ。パジャマ、そういう着方って可《か》愛《わい》いねぇ」

着方と言われ、雅は自分の肩のあたりを見た。ようするにパジャマの上下を、一つずつ着ているというだけだ。喬済は下を、そして雅は上を。よくやることなので、言われるまで気にもしなかった。

「俊介さんも、そういうのしたーい」

「勝手によそでやれ」

「いや、雅ちゃんと。だってやっぱ雅ちゃんて美味《おい》しそう。で、何回したのよ。途中って言っても何回めかの途中だろ」

尋ねる言い方ではなかった。実際その通りで、声も出ない。恥ずかしさに雅はぶるぶると震えた。

雅の心情に気づいたのは喬済で、抱きしめる腕が一瞬だけ強くなった後、放された。

「早く風呂に行け」

「う、うん」

バスルームへ行こうと足を動かしたとき、ひらりとパジャマの裾《すそ》が翻る。それを見た郡司は、「おお！」などと言いながら目を丸くした。

思わず足を止めて振り返ったら、さっきよりもずっと笑みを深くした郡司がいた。

「腿《もも》の内がわに、すげー痕ついてるじゃん。指で押さえた痕？」

「ゆ……指……？」

「うーん、何したか想像つくなぁ。いやらしーい」

「なっ……」

頭の中でそのときの様子――喬済に内腿を押さえられ、脚を大きく広げた状態で愛撫《あいぶ》を受けているときのこと――を思いだし、頭の中が白くなった。

メキッといやな音がする。明らかな破壊音を耳にして雅は我に返った。

気がつくとテレビのフレームがありえない形に曲がっていた。もちろんすでに番組を映し出してはいない。

「あらら、やっちゃった」

暢気《のんき》な感想を口にする郡司とは裏腹に、喬済は苦い表情だった。

「あんたが余計なことを言うからだろ」

「恥ずかしくてもなっちゃうのか」

「羞恥心《しゅうちしん》じゃ力は出ない」

「ああ……なるほど、実験ずみってわけか。そうだよな。もし羞恥心で出るんなら、えっちのたびにドッカンドッカンだもんな」

「そうですね」

「真顔で変な話するなってば！」

黙っていられなくて雅が怒鳴った途端、今度はテレビのリモコンが木《こ》っ端《ぱ》微塵《みじん》になった。

狙《ねら》っているわけでもないのに、今日はテレビにばかり力が向かっているようだ。

「……今のは恥ずかしがってたんじゃないの？」

「怒ってるんですよ」

「えー、照れてるだけじゃなくて？　そうか……じゃあ帰ろうかな。テレビも壊れちゃったし、録画はしてもらえたし」

ぶつぶつと独り言《ご》ちながら、郡司は来たときのルートを逆に辿《たど》って自室へ戻っていく。危なげなく隣へと渡る姿を眺めながら、ここで落ちたほうが薬になっていいんじゃないかと、不穏なことを考えてしまった。

喬済はガラス戸に鍵をかけ、カーテンを閉めた。

「……ごめん」

「うん？」

「テレビ、壊しちゃった」

「それはいいよ。ただ……あんなに簡単に鍵を開けたことは、ちょっと問題だな」

「う……はい」

雅は小さくなってうなだれた。相手が郡司だったので、つい何も考えずに迎え入れてしまったが、ここは喬済の部屋なのだから、そもそも雅にその権利はない。ましてこの格好のせいでネタを与えてしまい、結果としてテレビを破壊してしまったのだ。

どうしてこんなにもコントロールがきかないのだろう。力が出始めてから結構経《た》つのに、一向に成長が見られないのも溜め息ものだ。仮にかつて喬済を助けたのが雅だったとしても、たった一度限りのことだし、偶然ということも考えられる。

偶然はそうそう起こらない。それはよくわかっていた。

「壊したのがテレビってところを、俺は深読みしたいんだけどな」

「え？　どういう意味？」

「雅はあの男を帰したかったんじゃないか……って」

見上げた喬済の顔は、先ほどとは打って変わって機嫌がよさそうだ。親しい者だけがわかる程度の、ささやかな変化ではあったが。

「うーん……」

「ただの偶然か？」

「わかんない。だって、自分でも何がなんだか……」

ふっと息をついて、雅は喬済に抱きつく。

わからないことは考えても仕方がないと思うのだが、喬済はそうじゃないらしい。しきりに解明したがる彼を見て、この人はそういう質《たち》なんだなとあらためて納得した。

「でも……そうだったらいいな。全然どうにもならないよりはいいもんね。壊しちゃうのはヤバいけど」

「まぁね」

「二割くらい、俊介さんが出してくれないかな」

「ん？」

「テレビの弁償代」

雅の責任なのだが、郡司だって明らかに余計なことを言っていたはずだ。セクハラの域に達していたといってもいいだろう。

だが喬済はくすりと笑って否定した。

「全額、雅に払わせる」

「えっ」

「覚悟しろ」

ひょいと横抱きにされて、ぎょっとした。そのまま寝室に連れ戻されながら、言葉の意味を理解してしまう。

「待っ……」

反論はキスで封じられ、雅は翌日も自宅に帰れないようにさせられたのだった。

あとがき

またもや、ちょっと特殊な人たちの話です。能力的に。

で、いろいろとですね、直しました。大筋に全く関係ないところも、当時と事情が変わっていたりしましたので……。

あ、でも自分的に一番どうでもいいじゃん、と思ったのは、スイーティーをグレープフルーツに変えたところでした。書いた当時ってスイーティーが微妙に流行っていたんですが、もう見かけないし……と思って直したら、先日近所のスーパーで発見！　なんだ……じゃ、直さなくてもよかったじゃん……。

本当にどうでもいいことだったので、少しは内容に触れたことも書こうかと思います。

これは、特殊能力者たちの互助会の話です。あ、違う。主人公は違った。でもまぁ、そんな感じの話です。作中で主人公が夢見てるような秘密結社ではなく（笑）。で、主人公の兄ちゃんはとても若い歯科医ですが、あんな感じで院長やってた二十代を知っているので、せっかくだからネタにしちゃいました。

ってあんまり内容に触れてないですね。

ところで、これの続きを昔、同人誌で書いたことがあったんですけど、いまはもうやってないし、在庫もないし、商業誌にも載せないってことにしてあるので、そのうちサイトにアップしようかと思います。以前もアップしたことがあったので再アップです。でも手直しなしでは自分が耐えられないので、もう少ししたら……ですね。今ちょっと直してる余裕もないですし。思い出したときにアクセスしていただけたらと思います。三月以降・推奨です。話の長さはですね、この本のだいたい半分くらいになってます。

ここのところ、ルチル文庫さんでは新書からの出し直しが続いていますが、次回からは書き下ろしということになってますので、よろしくお願いしまーす。

それにしましても！　雅、可愛いです！　街子マドカ様の描いてくださった雅、めちゃくちゃキュートで。うはうはしてます。喬済も男前ですし！　ありがとうございました。どんなふうになるのかなと、ずっと楽しみにしていたんですが、想像以上でくるくる回っております。中のイラストの、ぷんすかしてるとこなんかも可愛い〜。

本ができあがるのを楽しみにしつつ、とりあえずはこのあとがきを書き終えようかと思います。

ここまで読んで下さってありがとうございました。これからも、お手にとってくだされば幸いです。

きたざわ尋子

✦初出　視線のキスじゃものたりない…Kirara novels「視線のキスじゃものたりない」（1996年7月刊）を加筆修正
夜の途中…………………………書き下ろし

きたざわ尋子先生、街子マドカ先生へのお便り、本作品に関するご意見、ご感想などは
〒151-0051 東京都渋谷区千駄ヶ谷4-9-7
幻冬舎コミックス　ルチル文庫「視線のキスじゃものたりない」係まで。

幻冬舎ルチル文庫

視線のキスじゃものたりない

2007年1月20日　第1刷発行

✦著者	きたざわ尋子　きたざわ じんこ
✦発行人	伊藤嘉彦
✦発行元	株式会社 幻冬舎コミックス 〒151-0051 東京都渋谷区千駄ヶ谷4-9-7 電話 03(5411)6431[編集]
✦発売元	株式会社 幻冬舎 〒151-0051 東京都渋谷区千駄ヶ谷4-9-7 電話 03(5411)6222[営業] 振替 00120-8-767643
✦印刷・製本所	中央精版印刷株式会社

✦検印廃止

ISBN978-4-344-80918-5　C0193　Printed in Japan